FUNÉRAILLES

DE

L'EMPEREUR NAPOLÉON.

EXHUMATION,

RETOUR EN FRANCE, CÉRÉMONIES, FAITS ET ANECDOTES.

PUBLIÉ PAR AUDOT.

Neuf gravures sur acier,
Dessinées et gravées par MM. Rouargue.

PARIS.
L'ÉDITEUR, RUE DU PAON, 8,
ÉCOLE DE MÉDECINE.
1841.

L'EMPEREUR

NAPOLÉON.

Le présent ouvrage est le complément de **L'EMPEREUR NAPOLÉON**, Tableaux et récits de batailles, combats, actions et faits militaires des armées sous leur immortel général, avec 90 gravures par RÉVEIL, d'après les peintures du Musée de Versailles et autres monuments. Broché, 6 fr.; relié, 7 fr., chez le même éditeur.

PARIS, IMPRIMERIE DE FAIN ET THUNOT,
Rue Racine, 28, près de l'Odéon.

_g3._

NAPOLÉON APRÈS SA MORT.

NAPOLEON PO ŚMIERCI.

FUNÉRAILLES

DE

L'EMPEREUR NAPOLÉON,

EXHUMATION,

RETOUR EN FRANCE, CÉRÉMONIES, FAITS ET ANECDOTES.

PUBLIÉ PAR AUDOT.

Neuf gravures sur acier,

Dessinées et gravées par MM. Rouargue.

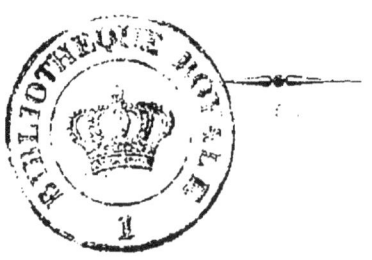

PARIS.

L'ÉDITEUR, RUE DU PAON, 8,

ÉCOLE DE MÉDECINE.

1841.

Un hommage tardif à la mémoire d'un grand homme parle en faveur de sa gloire encore plus qu'un honneur rendu par l'enthousiasme du moment. Depuis 1815, Napoléon est mort pour sa Patrie, et c'est après un quart de siècle qu'elle traverse le monde pour aller recueillir ses cendres, et les faire jouir d'une ovation qu'elle a su rendre digne du héros qui a porté si haut le nom de la France, et dont le souvenir existe encore sur les bords les plus lointains, au milieu même de peuplades à peine civilisées.

Le 12 mai 1840, M. de Rémusat, ministre de l'intérieur, a fait à la chambre des Députés, la proposition dont nous allons rapporter les motifs :

« Messieurs, le roi a ordonné à S. A. R. Mgr. le prince de Joinville de se rendre avec sa frégate à l'île de Sainte-Hélène pour y recueillir les restes mortels de l'empereur Napoléon.

» Nous venons vous demander les moyens de les recevoir dignement sur la terre de France, et d'élever à Napoléon son dernier tombeau.

» Le gouvernement, jaloux d'accomplir un devoir national, s'est adressé à l'Angleterre ; il lui a redemandé le précieux dépôt que la fortune avait mis dans ses mains. A peine exprimée, la pensée de la France a été accueillie. Voici les paroles du ministère anglais :

« Le gouvernement de Sa Majesté Britannique espère
» que la promptitude de sa réponse sera considérée en
» France comme une preuve de son désir d'effacer jus-
» qu'à la dernière trace de ces animosités nationales qui,
» pendant la vie de L'EMPEREUR, armèrent l'une contre
» l'autre la France et l'Angleterre. Le gouvernement de
» Sa Majesté Britannique aime à croire que si de pareils
» sentiments existent encore quelque part, ils seront en-
» sevelis dans la tombe où les restes de NAPOLÉON vont
» être déposés. »

» L'Angleterre a raison, messieurs ; cette noble restitu-
tion resserre encore les liens qui nous unissent. Elle achève de faire disparaître les traces douloureuses du passé. Le temps est venu où les deux nations ne doivent plus se souvenir que de leur gloire.

» La frégate chargée des restes mortels de Napoléon se présentera, au retour, à l'embouchure de la Seine. Un autre bâtiment les rapportera jusqu'à Paris. Ils seront dé-posés aux Invalides. Une cérémonie solennelle, une grande pompe religieuse et militaire inaugurera le tombeau qui doit les garder à jamais.

» Il importe, en effet, messieurs, à la majesté d'un tel souvenir, que cette sépulture auguste ne demeure pas ex-posée sur une place publique, au milieu d'une foule bruyante et distraite. Il convient qu'elle soit placée dans un lieu silencieux et sacré où puissent la visiter, avec re-cueillement, tous ceux qui respectent la gloire et le génie, la grandeur et l'infortune.

» Il fut empereur et roi ; il fut le souverain légitime de notre pays. A ce titre il pourrait être inhumé à Saint-De-nis ; mais il ne faut pas à Napoléon la sépulture ordinaire des rois. Il faut qu'il règne et commande encore dans l'enceinte où vont se reposer les soldats de la patrie, et où

iront toujours s'inspirer ceux qui seront appelés à la dé-
fendre. Son épée sera déposée sur sa tombe.

» L'art élèvera sous le dôme, au milieu du temple consacré par la religion au Dieu des armées, un tombeau digne,
s'il se peut, du nom qui doit y être gravé. Ce monument
doit avoir une beauté simple, des formes grandes, et cet
aspect de solidité inébranlable qui semble braver l'action
du temps. Il faudrait à Napoléon un monument durable
comme sa mémoire.

» Le crédit que nous venons demander aux Chambres a
pour objet la translation aux Invalides, la cérémonie funéraire, la construction du tombeau.

» Nous ne doutons pas, messieurs, que la Chambre ne
s'associe avec une émotion patriotique à la pensée royale
que nous venons exprimer devant elle. Désormais, la
France, et la France seule, possédera tout ce qui reste de
Napoléon. Son tombeau, comme sa renommée, n'appar-
tiendra à personne qu'à son pays.

» La monarchie de 1830 est en effet l'unique et légitime
héritière de tous les souvenirs dont la France s'enor-
gueillit. Il lui appartenait, sans doute, à cette monarchie
qui, la première, a rallié toutes les forces et concilié tous
les vœux de la révolution française, d'élever et d'honorer
sans crainte la statue et la tombe d'un héros populaire ;
car il y a une chose, une seule, qui ne redoute pas la
comparaison avec la gloire, c'est la liberté. »

Une manifestation prolongée d'enthousiasme et de
bruyants témoignages d'approbation ont succédé à la lec-
ture de cet exposé.

Une somme d'un million de francs a été accordée par
les Chambres pour l'accomplissement de ce dessein; elle
a décidé aussi que le tombeau serait placé sous le dôme
des Invalides qui lui serait exlusivement consacré, ainsi
que les quatre chapelles latérales, sans qu'à l'avenir aucun autre cercueil puisse y prendre place.

Le gouvernement désirait que les personnes qui com-
posaient la mission de Sainte-Hélène pussent s'embarquer

dans le mois de mai. Cependant une maladie de S. A. R.
le prince de Joinville, commandant en chef de l'expédition, fut cause que le départ n'eut lieu qu'en juillet.

C'est de Toulon que l'on mit à la voile. Toulon qui avait
vu l'aurore de la gloire de Napoléon.

La frégate *la Belle-Poule*, commandée par S. A. R. le
prince de Joinville, partie de Toulon le 7 juillet, n'a mis
que 146 jours pour faire le voyage, et son retour s'est
effectué en 42 jours. Le 18 octobre 1840, elle a appareillé
de Sainte-Hélène, chargée de son précieux fardeau.

Le rapport suivant a été adressé à M. le ministre de la
marine, par Mgr. le prince de Joinville, commandant
la frégate *la Belle-Poule*.

« En rade de Cherbourg, 30 novembre 1840.

» Monsieur le ministre,

» Ainsi que j'ai eu l'honneur de vous l'annoncer, je suis
parti le 14 septembre de la baie de tous les Saints; j'ai
prolongé la côte du Brésil avec des vents d'est qui, ayant
hâlé le nord-est et le nord, m'ont permis d'atteindre
promptement le méridien de Sainte-Hélène, sans que
j'aie eu à dépasser le parallèle de 28° sud. Arrivé sur ce
méridien, des calmes et des folles-brises m'ont causé
quelque retard. Le 8 octobre, je mouillais sur la rade de
James-Town.

» Le brick *l'Oreste*, détaché par M. le vice-amiral Mackau,
pour remettre à *la Belle-Poule* un pilote de la Manche,
était arrivé la veille. Ce bâtiment ne m'apportant aucune
instruction nouvelle, je me suis occupé immédiatement
des ordres que j'avais précédemment reçus.

» Mon premier soin a été de mettre M. de Chabot, commissaire du roi, en rapport avec M. le général Middlemore,
gouverneur de l'île. Ces messieurs avaient à régler, selon
leurs instructions respectives, la manière dont ils devaient
procéder à l'exhumation des restes de l'empereur et à leur

translation à bord de *la Belle-Poule*. L'exécution des projets arrêtés fut fixée au 15 octobre.

» Le gouvernement voulut se charger de l'exhumation et de tout ce qui devait avoir lieu sur le territoire anglais. Pour moi, je réglai, par l'ordre du 13 octobre, dont je vous envoie ci-joint copie, les honneurs à rendre dans les journées du 15 et du 16 par la division placée sous mes ordres. Les navires du commerce français, *la Bonne-Aimée*, capitaine Gallet, et *l'Indien*, capitaine Truquetil, s'associèrent à nous avec empressement.

» Le 15, à minuit, l'opération a été commencée en présence des commissaires français et anglais, M. de Chabot et le capitaine Alexander. Ce dernier dirigeait les travaux. M. de Chabot rendant au gouvernement un compte circonstancié des opérations dont il a été témoin, je crois pouvoir me dispenser d'entrer dans les mêmes détails; je me bornerai à vous dire qu'à dix heures du matin, le cercueil était à découvert dans la fosse. Après l'en avoir retiré intact, on procéda à son ouverture, et le corps fut trouvé dans un état de conservation inespéré. En ce moment solennel, à la vue des restes si reconnaissables de celui qui fit tant pour les gloires de la France, l'émotion fut profonde et unanime.

» A trois heures et demie, le canon des forts annonçait à la rade que le cortége funèbre se mettait en marche vers la ville de James-Town. Les troupes de la milice et de la garnison précédaient le char recouvert du drap mortuaire, dont les coins étaient tenus par les généraux Bertrand et Gourgaud, et par MM. Emmanuel de Las Cases et Marchand* ; les autorités et les habitants suivaient en foule. Sur la rade, le canon de la frégate avait répondu à celui des forts, et tirait de minute en minute. Depuis le matin, les vergues étaient en pantenne, les pavillons à mi-mât, et tous les navires français et étrangers s'étaient

---

* M. le comte de Las Cases, père de M. Emmanuel de Las Cases, ne s'y trouvait pas. Sa mauvaise santé l'avait retenu en France.

associés à ces signes de deuil. Quand le cortége a paru sur le quai, les troupes anglaises ont formé la haie, et le char s'est avancé lentement vers la plage.

» Au bord de la mer, là où s'arrêtaient les lignes anglaises, j'avais réuni autour de moi les officiers de la division française. Tous, en grand deuil et la tête découverte, nous attendions l'approche du cercueil : à vingt pas de nous, il s'est arrêté, et le général gouverneur, s'avançant vers moi, m'a remis, au nom de son gouvernement, les restes de l'empereur Napoléon.

» Aussitôt le cercueil a été descendu dans la chaloupe de la frégate, disposée pour le recevoir, et, là encore, l'émotion a été grave et profonde : le vœu de l'empereur mourant commençait à s'accomplir ; ses cendres reposaient sous le pavillon national.

» Tout signe de deuil a été dès lors abandonné ; les mêmes honneurs que l'empereur aurait reçus de son vivant, ont été rendus à sa dépouille mortelle, et, c'est au milieu des salves des navires pavoisés, avec leurs équipages rangés sur les vergues, que la chaloupe, escortée par les canots de tous les navires, a pris lentement le chemin de la frégate.

» Arrivé à bord, le cercueil a été reçu entre deux rangs d'officiers sous les armes, et porté sur le gaillard d'arrière, disposé en chapelle ardente. Ainsi que vous me l'aviez prescrit, une garde de 60 hommes, commandée par le plus ancien lieutenant de la frégate, rendait les honneurs. Quoiqu'il fût déjà tard, l'absoute fut dite, et le corps resta ainsi exposé toute la nuit ; M. l'aumônier et un officier ont veillé près de lui.

» Le 16, à 10 heures du matin, les officiers et équipages des navires de guerre et de commerce français, étant réunis à bord de la frégate, un service funèbre solennel fut célébré ; on descendit ensuite le corps dans l'entrepont, où une chapelle ardente avait été préparée pour le recevoir.

» A midi, tout était terminé, et la frégate en appareillage ; mais la rédaction des procès-verbaux a demandé deux jours, et ce n'est que le 18 au matin que *la Belle-Poule* et la *Favorite* ont pu mettre sous voiles. *L'Oreste*, parti en même temps, a fait route pour sa destination.

» Après une traversée heureuse et facile, je viens de mouiller sur rade de Cherbourg, à cinq heures du matin.

» Veuillez, amiral, recevoir l'assurance de mon respect.

» Le capitaine de la *Belle-Poule*,

» Signé : F. D'ORLÉANS. »

EXTRAIT

DU RAPPORT

DE M. DE ROHAN-CHABOT.

C'est le 8 octobre, au matin, après 66 jours de mer depuis Toulon, et 24 depuis Bahia, que la frégate *la Belle-Poule* et la corvette *la Favorite* furent en vue de James-Town, la capitale de l'île. Après avoir louvoyé toute une matinée, M. le prince de Joinville réussit à prendre un excellent mouillage fort près de terre. Il ne se trouvait dans la rade que deux bâtiments de guerre. Le brick français *l'Oreste*, capitaine Doret, ayant à son bord le fils de M. l'amiral Baudin, détaché de Gorée par M. de Mackau avec des dépêches pour le prince, et la goëlette anglaise *Dolphin*, capitaine Littlehales qui, parti de Portsmouth le 12 mai, avait apporté la première nouvelle de l'expédition. Dès que *la Belle-Poule* eut jeté l'ancre, *l'Oreste* salua le prince avec les hommes sur les vergues et aux cris de : *Vive le roi!* Le *Dolphin* salua ensuite de vingt et un coups de canon. La frégate rendit le salut du *Dolphin*, puis elle salua la terre, et les forts répondirent par un salut royal de vingt et un coups.

A l'entrée en rade de *la Belle-Poule* et avant le mouillage même, l'état-major du général Middlemore, gouverneur de l'île, se rendit à bord, en grand uniforme, avec le commandant du *Dolphin*, pour complimenter le prince. Le gouverneur, retenu dans sa maison de campagne de Plantation - House par une grave indisposition, avait chargé le lieutenant Middlemore, son fils et son aide de camp, de témoigner à S. A. R. tous ses regrets, et de lui offrir pour son logement et celui de sa suite le château de James-Town qui, d'après des ordres venus de Londres, lui avait été préparé.

Le 9 octobre, au matin, M. le prince de Joinville descendit à terre, en grand uniforme, accompagné de M. le commandant Hernoux, son aide de camp, de MM. les généraux Bertrand et Gourgaud, de M. de Rohan-Chabot, commissaire du roi, de M. de Las Cases, de M. Marchand, de M. l'abbé Coquereau, aumônier de *la Belle-Poule*, et de plusieurs officiers des trois bâtiments. Toute la garnison était sous les armes pour le passage du prince. S. A. R. entra d'abord au château, où les autorités lui furent présentées, puis se rendit à cheval à Plantation-House, chez le gouverneur qui était encore hors d'état de quitter sa maison.

Après une première conférence sur l'objet de sa mission et les moyens de l'accomplir, M. le prince de Joinville s'empressa d'aller visiter le tombeau de Napoléon à Longwood; course pleine d'un intérêt douloureux et pour les compagnons du jeune prince qui revoyaient, après vingt années d'absence, le lieu de leur exil, et pour ceux-là même qui contemplaient pour la première fois ce dernier asile de tant de gloire!

Dans les journées du 11, du 12 et du 13, et en attendant que le commissaire français eût arrêté avec les autorités anglaises toutes les dispositions préliminaires à prendre pour l'exhumation et la translation des restes de l'empereur, les équipages des trois bâtiments de guerre furent conduits par détachements au tombeau et à Longwood, et chaque homme put rapporter un souvenir de sa visite. De leur côté, MM. Bertrand, Las Cases, Gourgaud et Marchand, consacrèrent ces trois jours à parcourir les lieux où ils avaient si souvent vu et suivi l'empereur, et ces nobles compagnons de sa captivité recueillirent constamment dans leurs courses à travers l'île, les témoignages les plus flatteurs du respect et de l'affection qu'a conservés pour eux la population de Sainte-Hélène.

La journée du 15 octobre, 25e anniversaire de l'arrivée de l'auguste exilé à Sainte-Hélène, avait été définitivement fixée pour la cérémonie de la translation. La veille, dans l'après-midi, les cercueils venus de France sur *la Belle-Poule*, le char funèbre, construit dans l'île par ordre du gouverneur, et les divers objets nécessaires pour les opérations, furent successivement dirigés vers la vallée du Tombeau. A dix heures du soir, les personnes désignées pour assister, du côté de la France, à l'exhumation, descendirent à terre, et se dirigèrent vers le lieu de la sépulture. Un motif de haute convenance interdit à M. le prince de Joinville de se mettre à leur tête. Toutes les opérations jusqu'à l'arrivée du cercueil impérial au lieu de l'embarquement devant être conduites par des soldats étrangers, le prince pensa qu'en sa qualité de commandant supérieur de l'expédition, il ne devait pas assister à des travaux qu'il ne pourrait point diriger, et se décida à ne paraître sur la terre anglaise qu'à la tête des états-majors des bâtiments français et dans une position qui lui permît de présider lui-même à tous les honneurs qu'il était chargé de rendre à la dépouille mortelle de Napoléon.

Les généraux Bertrand et Gourgaud, MM. de Chabot, de Las Cases, Marchand, Arthur Bertrand, l'abbé Coquereau et ses deux enfants de chœur, MM. Saint-Denis, Noverraz, Pierron, Archambault, anciens serviteurs de Napoléon; les capitaines de corvette Guyet, Charner et Dovet, et M. le docteur Guillard, chirurgien-major de *la Belle-Poule*, furent seuls introduits dans l'enceinte réservée autour du tombeau pendant la durée des opérations.

La vallée était gardée, depuis le coucher du soleil, par un détachement des soldats de la garnison, ayant ordre d'en écarter toute personne qui n'aurait pas été désignée par l'un des commissaires. Le général Middlemore avait désigné pour cette fonction M. le capitaine du génie Alexander. Ce fut cet officier qui, accompagné des cinq principales autorités de l'île, reçut sur les lieux le commissaire français, M. de Chabot, et les autres envoyés de la France.

Commencés à minuit et demi, les travaux ont été poussés sans relâche et avec une grande activité pendant plus de neuf heures. On avait pu craindre qu'en dépit de tous les efforts et malgré les deux opérations tentées simultanément pour arriver jusqu'au cercueil, la plus grande partie du jour ne s'écoulât avant que l'exhumation fût terminée, et qu'on ne fût forcé de remettre la translation au lendemain ; mais, dès la pointe du jour, toute inquiétude avait cessé sur ce point, grâce à l'habile direction du capitaine Alexander, et à son empressement à déférer aux désirs du commissaire français ; trop d'éloges ne sauraient également être donnés à l'excellente tenue des ouvriers et des soldats réunis sous ses ordres, et qui, tout en poursuivant leurs travaux avec un zèle infatigable, semblaient aussi vouloir s'associer à nos sentiments par leur recueillement et leur silence respectueux.

A neuf heures et demie du matin, la terre avait été entièrement retirée du caveau, toutes les couches horizontales démolies, et la grande dalle qui recouvrait le sarcophage intérieur détachée et enlevée à l'aide d'une chèvre. Les travaux en maçonnerie cimentée qui entouraient de toutes parts le cercueil, et auxquels les dix-neuf années déjà écoulées n'avaient porté aucune atteinte, l'avaient tellement préservé des effets de l'atmosphère et de la source voisine, qu'à la première vue il ne semblait en aucune façon altéré. Le sarcophage en dalles, lui-même parfaitement conservé, était à peine humide. Dès que M. l'abbé

Coquereau eut récité les premières prières, le cercueil fut retiré avec le plus grand soin, et porté par des soldats du génie nu-tête, dans une tente dressée pour le recevoir auprès du tombeau.

Après la cérémonie religieuse de la levée du corps, les cercueils intérieurs furent ouverts, sur la demande du commissaire du roi, afin que M. le docteur Guillard pût prendre les mesures nécessaires pour garantir les restes mortels de Napoléon de toute décomposition ultérieure.

Il est difficile de décrire avec quelle anxiété, quelle émotion les assistants attendaient le moment qui devait leur révéler tout ce que la mort avait laissé de Napoléon. Malgré le singulier état de conservation de la tombe et des cercueils, à peine pouvaient-ils espérer de trouver quelques restes informes dont les parties les moins périssables du costume eussent seules assuré l'identité. Mais quand, par la main du docteur Guillard, le drap de satin fut soulevé, un mouvement indéfinissable de surprise et d'attendrissement éclata parmi les spectateurs, et la plupart d'entre eux fondirent en larmes. — L'empereur lui-même était devant eux (planche 94). — Les traits de la figure, bien qu'altérés, étaient parfaitement reconnaissables ; les mains étaient parfaitement belles ; le costume si connu avait peu souffert, et les couleurs en étaient facilement distinguées. Les épaulettes, les décorations, le chapeau, semblaient entièrement conservés ; — la pose, elle-même, était pleine d'abandon, et, sauf les débris de la garniture de satin qui recouvraient, comme d'une gaze très-fine, plusieurs parties de l'uniforme, on aurait pu croire Napoléon étendu encore sur son lit de parade. — M. le général Bertrand, M. Marchand et les autres personnes présentes, qui avaient assisté à l'inhumation, indiquaient rapidement les divers objets déposés par eux dans le cercueil : chacun était demeuré dans la position exacte qu'ils lui avaient assignée. On remarqua même

que la main gauche, que le grand maréchal avait prise
pour la baiser une dernière fois, au moment où l'on fer-
mait le cercueil, était restée légèrement soulevée. — Entre les jambes, auprès du chapeau, on apercevait les deux
vases qui renferment le cœur et l'estomac.

PROCÈS-VERBAL D'EXHUMATION.

« Je soussigné Guillard (Rémy-Julien), docteur en médecine, chirurgien-major de la frégate *la Belle-Poule*,
m'étant rendu, dans la nuit du 14 au 15 octobre 1840, sur
l'invitation de M. le comte de Rohan-Chabot, commissaire
du roi, à la vallée du Tombeau, île Sainte-Hélène, pour
assister à l'exhumation des restes de l'empereur Napoléon,
en ai dressé le présent procès-verbal :

» Pendant les premiers travaux, il n'a point été pris de
précautions sanitaires ; aucune exhalaison méphitique n'est
sortie des terres que l'on remuait, ni du caveau dont on
faisait l'ouverture.

» Le caveau ayant été ouvert, j'y suis descendu : au fond
était le cercueil de l'empereur ; il reposait sur une large
dalle, assise elle-même sur des montants en pierre. Les
planches en acajou qui le formaient avaient encore leur
couleur et leur dureté, excepté celles du fond qui,
garnies de velours, présentaient un peu d'altération dans
les couches les plus superficielles. On ne voyait à l'entour
aucun corps solide ni liquide. Quant aux parois du caveau, elles n'offraient pas la plus légère dégradation, çà
et là quelques traces d'humidité.

» M. le commissaire du roi m'avait engagé à ouvrir les
cercueils intérieurs, j'ai dû les soumettre d'abord à quelques mesures sanitaires ; immédiatement après, j'ai pro-
cédé à leur ouverture. La caisse extérieure était fermée
par de longues vis, il a fallu les couper pour enlever le
couvercle ; dessous était une caisse en plomb, close de
toutes parts, qui enveloppait une autre caisse en acajou

parfaitement intacte ; venait enfin une quatrième caisse
en fer-blanc dont le couvercle était soudé sur les parois
qui se repliaient en dedans. La soudure a été coupée lentement, et le couvercle enlevé avec précaution ; alors j'ai
vu un tissu blanchâtre qui cachait l'intérieur du cercueil et empêchait d'apercevoir le corps*. C'était du satin
ouaté, formant une garniture dans l'intérieur de cette
caisse. Je l'ai soulevé par une extrémité, et, le roulant
sur lui-même des pieds vers la tête, j'ai mis à découvert le
corps de Napoléon que j'ai reconnu aussitôt, tant il était
bien conservé, tant sa tête avait de vérité dans son expression.

» Quelque chose de blanc, qui semblait détaché de la garniture, couvrait, comme d'une gaze légère, tout ce que
renfermait le cercueil. Le crâne et le front, qui adhéraient
fortement au satin, en étaient surtout enduits ; on en
voyait peu sur le bas de la figure, sur les mains, sur les
orteils. Le corps de l'empereur Napoléon avait une position aisée ; c'était celle qu'on lui avait donnée en le pla-
çant sur le cercueil ; les membres supérieurs étaient allon-
gés, l'avant-bras et la main gauche appuyant sur la cuisse
correspondante, les membres inférieurs légèrement flé-
chis. La tête**, un peu élevée, reposait sur un coussin ; le
crâne volumineux, le front haut et large se présentaient
couverts de téguments jaunâtres, durs et très-adhérents.
Tel paraissait aussi le contour des orbites, dont le bord
supérieur était garni de sourcils. Sous les paupières se
dessinaient les globes oculaires, qui avaient perdu peu de
chose de leur volume et de leur forme. Ces paupières,
complétement fermées, adhéraient aux parties sous-ja-
centes, et se présentaient dures sous la pression des doigts.
Quelques cils se voyaient encore à leur bord libre. Les os

---

* Ceci est une coutume des Indes.

** La tête et la barbe avaient été rasées lors de l'inhumation. La main
te était serrée contre le corps et presque tout à fait cachée ; la gauche
paraissait entièrement. (*Journal de Las Cases.*)

propres du nez et les téguments qui les couvrent étaient bien conservés ; le tube et les ailes seuls avaient souffert. Les joues étaient bouffies. Les téguments de cette partie de la face se faisaient remarquer par leur toucher doux, souple et leur couleur blanche ; ceux du menton étaient légèrement bleuâtres. Ils empruntaient cette teinte à la barbe qui semblait avoir poussé après la mort. Quant au menton lui-même, il n'offrait point d'altération, et conservait encore ce type propre à la figure de Napoléon. Les lèvres amincies étaient écartées ; trois dents incisives extrêmement blanches se voyaient sous la lèvre supérieure qui était un peu relevée à gauche. Les mains ne laissaient rien à désirer ; nulle part la plus légère altération. Si les articulations avaient perdu leurs mouvements, la peau semblait avoir conservé cette couleur particulière qui n'appartient qu'à ce qui a vie. Les doigts portaient des ongles longs, adhérents et très-blancs. Les jambes étaient renfermées dans les bottes ; mais, par suite de la rupture des fils, les quatre derniers orteils dépassaient de chaque côté. La peau de ces orteils était d'un blanc mat et garnie d'ongles. La région antérieure du thorax était fortement déprimée dans la partie moyenne. Les parois du ventre dures et affaissées. Les membres paraissaient avoir conservé leurs formes sous les vêtements qui les couvraient. J'ai pressé le bras gauche ; il était dur et avait diminué de volume. Quant aux vêtements, ils se présentaient avec leurs couleurs ; ainsi, on reconnaissait parfaitement l'uniforme des chasseurs à cheval de la vieille garde, au vert foncé de l'habit, au rouge vif des parements ; le grand cordon de la Légion d'honneur se dessinant sur le gilet, et la culotte blanche cachée en partie par le petit chapeau qui reposait sur les cuisses. Les épaulettes, la plaque et les deux décorations attachées sur la poitrine n'avaient plus leur brillant ; elles étaient noircies. La couronne d'or de la croix d'officier de la Légion d'honneur seule avait conservé son éclat. Des vases d'argent apparaissaient entre les jambes ; un d'eux, surmonté d'un aigle, s'élevait entre les genoux ; je le trouvai intact et fermé. Comme il existait des adhérences assez fortes entre ces vases et les parties voisines qui les couvraient un peu, M. le commissaire du roi n'a pas cru devoir les déplacer pour les examiner de plus près.

» Tels sont les seuls détails que m'ait permis d'enregistrer sur les restes mortels de l'empereur Napoléon un examen qui n'a duré que deux minutes. Ils sont incomplets, sans doute, mais ils suffisent pour constater un état de conser-vation plus parfait que je n'étais fondé à l'attendre, d'a-près les circonstances connues de l'autopsie et de l'inhu-mation. Ce n'est point ici le lieu d'examiner les causes, nombreuses qui ont pu arrêter, à ce point, la décompo-sition des tissus ; mais nul doute que l'extrême solidité de la maçonnerie du tombeau et les soins apportés à la, confection et à la soudure des cercueils métalliques n'aient, contribué puissamment à produire ce résultat. Quoi qu'il en soit, j'ai dû redouter pour ces restes le contact de l'air, atmosphérique, et, convaincu que le meilleur moyen d'en assurer la conservation, était de les soustraire à son action destructive, je me suis rendu avec empressement aux invitations de M. le commissaire du roi, qui deman-dait qu'on fermât les cercueils.

» J'ai remis à sa place le satin ouaté, après l'avoir légère-ment enduit de créosote ; j'ai fait fermer hermétiquement les caisses en bois, et souder avec le plus grand soin les caisses en métal.

» Les restes de l'empereur Napoléon sont aujourd'hui dans six cercueils.

1° Un cercueil en fer-blanc * ;

2° Un cercueil en bois d'acajou ;

3° Un cercueil en plomb ;

4° Un second cercueil en plomb, séparé du précédent par de la sciure et des coins de bois ;

* Il n'a pu être ressoudé, dit M. de Las Cases.

5° Un cercueil en bois d'ébène ;

6° Un cercueil en bois de chêne, qui protége le cercueil en ébène.

» Fait à l'île de Sainte-Hélène, le 15 du mois d'octobre 1840.

» Signé REMY GUILLARD ,

» Docteur-médecin.

» Le commissaire du roi ,

» Signé PH. DE ROHAN-CHABOT. »

» C'était bien Napoléon (dit M. de Las Cases dans son *Journal*)!... Napoléon privé de vie, mais non détruit !... On eût presque dit qu'il était encore à ce dernier jour de sa carrière de travaux et de périls... au premier jour de l'éternité !

» A la vue de cette œuvre de mort, si voisine des apparences de la vie, malgré le temps écoulé, nous avions tous été soudainement saisis de sensations impossibles à rendre. Les sentiments produits étaient d'autant plus vifs, que le fait qui les causait était plus inattendu. Qu'eût éprouvé mon père avec sa chaleur de cœur, s'il eût assisté à ce spectacle ? la force lui aurait manqué pour supporter une pareille épreuve, il aurait succombé. Le général Bertrand regardait avec l'attitude de quelqu'un qui va se précipiter. Plusieurs sanglotaient d'une manière convulsive. D'autres restaient mornes, les yeux tout humides. Le jeune comte de Chabot avait le visage inondé de larmes...

» Pour moi, qui si souvent avais cherché à imaginer, à me représenter Napoléon mourant, tout ce qui m'entourait, tout ce que je voyais, me paraissait les formes matérielles d'un rêve céleste !...

» Nous contemplions depuis environ une minute et demie à deux minutes !... L'ouverture avait eu lieu afin qu'on pût prendre les précautions sanitaires indispensables pour une longue traversée. Le docteur Guillard déclarait à

M. de Chabot que, vu l'étonnante conservation du corps, son opinion était qu'il fallait tout refermer immédiatement, ce qui fut autorisé. Le docteur, après l'avoir légèrement enduit de créosote, replaça le morceau de soie ouaté dans la même position où il avait été trouvé, et le cercueil fut clos. Il était une heure. On ne put ressouder le fer-blanc, les ouvriers affirmaient qu'il était trop oxydé, que cela demanderait un travail de plusieurs heures, et le temps ne le permettait pas. Mais on revissa le cercueil en acajou. M. le docteur Guillard fit ressouder devant lui avec le plus grand soin l'ancien cercueil en plomb. On le plaça très-bien assujetti dans le nouveau cercueil en plomb, qui fut fermé d'une immense plaque, sur laquelle était écrit en lettres d'or :

NAPOLÉON,

EMPEREUR ET ROI,

MORT A SAINTE-HÉLÈNE,

LE V MAI

MDCCCXXI.

Cette plaque fut soudée, toujours avec les mêmes précautions. Le tout se trouva enfermé dans le sarcophage en ébène venu de France, dont la clef fut remise à M. de Chabot. Sur le couvercle de ce sarcophage était incrusté transversalement en lettres d'or :

NAPOLÉON.

En remettant la clef du sarcophage d'ébène au comte de Chabot, commissaire du roi, le capitaine Alexander lui a déclaré, au nom du gouverneur, que ce cercueil, renfermant les restes mortels de l'empereur Napoléon, serait considéré comme à la disposition du gouvernement français dès ce jour, et du moment où il serait arrivé au lieu d'embarquement vers lequel il allait être dirigé sous les ordres de S. Ex. le général Middlemore. Le commissaire du roi répondit qu'il était chargé par son gouvernement d'accepter, en son nom, ce cercueil des mains des autorités britanniques, et qu'il était prêt, ainsi que les diverses personnes composant la mission française, à le suivre jusqu'au quai de James-Town, où Mgr. le prince de Joinville, commandant supérieur de l'expédition, était dans l'intention de venir le recevoir pour le conduire solennellement à bord de sa frégate.

Un char à quatre chevaux, décoré d'emblèmes funèbres, avait été préparé, avant l'arrivée de l'expédition, pour recevoir le cercueil, ainsi qu'un drap mortuaire et un harnachement de deuil complet. Quand le sarcophage eût été placé sur le char, le tout fut recouvert d'un magnifique manteau impérial envoyé de Paris, et dont les quatre coins furent remis à MM. les lieutenants généraux Bertrand et Gourgaud, au baron de Las Cases et à M. Marchand. A trois heures et demie, le char funèbre s'est mis en marche, précédé d'un enfant de chœur portant la croix et de M. l'abbé Coquereau. M. de Chabot conduisait le deuil comme commissaire accrédité du gouvernement français. Toutes les autorités de l'île, tous les principaux habitants et la garnison entière ont suivi la marche funèbre depuis la tombe jusqu'au quai. Mais, sauf l'escorte d'artilleurs nécessaire pour conduire les chevaux et pour soutenir par moments le char lui-même, dans les descentes difficiles, les places les plus rapprochées du cercueil avaient été réservées pour la mission française. Le général Middlemore, malgré l'état fort affaibli de sa santé, a voulu suivre toute la marche à pied, ainsi que le général Churchill, chef d'état-major de l'armée des Indes, arrivé depuis deux jours de Bombay. L'immense poids du cercueil * et l'extrême difficulté de la route rendaient né-

---

* Son poids effectif était de 1,200 kilogrammes.

cessaire, pendant presque tout le trajet, une surveillance de tous les instants. M. le colonel Trelawney voulut commander en personne le petit détachement d'artillerie chargé de conduire le char, et, grâces à ses soins, la translation a pu s'effectuer sans le moindre accident.

Depuis le moment du départ jusqu'à l'arrivée sur le quai, le canon des forts et les batteries de *la Belle-Poule* ont tiré de minute en minute. Après une heure de marche, la pluie cessa pour la première fois depuis le commencement des travaux, et, arrivés en vue de la ville, on jouit d'un ciel brillant et d'un temps magnifique.

Dès le matin, les trois bâtiments de guerre français, *la Belle-Poule, la Favorite* et *l'Oreste,* avaient pris le grand deuil royal, les vergues en croix et les pavillons en berne. Deux navires de commerce français, *la Bonne-Aimée,* capitaine Gillet, et *l'Indien,* capitaine Triquetil, qui se trouvaient en rade depuis deux jours, s'étaient mis sous les ordres du prince, et ils ont imité pendant toute la cérémonie les mouvements de *la Belle-Poule.* Les forts de la ville et les maisons des consuls avaient également descendu leurs pavillons à mi-mât.

Parvenues à l'entrée de la ville, les troupes de la garnison et de la milice se déployèrent en deux lignes jusqu'à l'extrémité du quai, en prenant la position de deuil de l'armée anglaise, les soldats appuyés sur leurs armes renversées, les officiers le crêpe au bras et la tête posée sur le pommeau de leur épée. Tous les habitants avaient été consignés dans leurs maisons ou garnissaient les terrasses qui dominent la ville, et les rues n'étaient occupées que par les troupes, le 91e tenant la droite et la milice la gauche. Le cortége s'avança lentement entre deux haies de soldats au son d'une marche funèbre et au bruit du canon des forts, de *la Belle-Poule* et du *Dolphin,* répété mille fois par les échos des immenses rochers qui s'élèvent au-dessus de James-Town.

Après deux heures de marche, le cortége s'arrêta à l'extrémité du quai où M. le prince de Joinville s'était placé à la tête de l'état-major des trois bâtiments français. Les plus grands honneurs officiels avaient été rendus par les autorités anglaises, à la mémoire de l'empereur ; des hommages éclatants avaient signalé les adieux de Sainte-Hélène à son cercueil ; dès ce moment la dépouille mortelle allait appartenir à la France.

Quand le char se fut arrêté, M. le prince de Joinville s'avança seul, et, en présence de tous les assistants découverts, reçut solennellement le cercueil impérial des mains du général Middlemore. S. A. R. remercia ensuite le gouverneur au nom de la France, de tous les témoignages de sympathie et de respect dont les autorités et les habitants de Sainte-Hélène avaient entouré cette cérémonie mémorable.

Une chaloupe d'honneur avait été disposée pour recevoir le cercueil. Pendant l'embarquement, que M. le prince de Joinville dirigea lui-même, la musique joua des airs funèbres, et toutes les embarcations se tinrent à l'entour, les avirons mâtés. Quand le sarcophage toucha la chaloupe, un magnifique pavillon royal, que les dames de James-Town avaient voulu broder elles-mêmes, fut élevé, et dès lors la frégate redressa ses vergues et déploya ses pavois. Tous les mouvemens de *la Belle-Poule* furent imités sur-le-champ par les autres bâtiments. Notre deuil avait cessé avec l'exil de Napoléon, et la division française se parait de tous ses ornemens de fête pour recevoir le cercueil impérial sous le drapeau de la France.

Le sarcophage fut recouvert dans la chaloupe du manteau impérial. — Le prince de Joinville se plaça lui-même à la barre, M. le commandant Guyet sur l'avant, MM. les généraux Bertrand et Gourgaud, M. le baron de Las Cases, M. Marchand et l'abbé Coquereau occupaient auprès du corps la même place que dans le cortège. — M. le comte de Chabot se tint avec M. le commandant Hernoux sur l'arrière, un peu devant le prince.

Dès que la chaloupe fut éloignée du quai, la terre tira le grand salut de 21 coups de canon, et nos bâtiments envoyèrent la première salve de toute leur artillerie. Les deux autres furent tirées pendant le trajet du quai à la frégate, la chaloupe nageant très-lentement, entourée de toutes les autres embarcations. A six heures et demie, elle atteignit *la Belle-Poule*. Tous les bâtiments français avaient les hommes sur les vergues, le chapeau à la main.

M. le prince de Joinville avait fait disposer sur le pont de la frégate une chapelle parée de drapeaux et de faisceaux d'armes, et dont l'autel avait été élevé au pied du mât d'artimon. Porté par nos matelots, le cercueil passa entre deux haies d'officier, l'épée nue, et fut placé sur les panneaux du gaillard d'arrière. L'absoute fut faite le soir même par M. l'abbé Coquereau.

Le lendemain, à dix heures, une messe solennelle fut célébrée sur le pont, en présence des états-majors et d'une portion des équipages. S. A. R. le commandant supérieur se tenait aux pieds du corps. Le canon de *la Favorite* et de *l'Oreste* tirèrent de minute en minute pendant cette cérémonie qui fut terminée par une absoute solennelle, à laquelle prirent part, en venant jeter l'eau bénite sur le cercueil, M. le prince de Joinville, la mission, les états-majors et les premiers maîtres de bâtiments.

A onze heures toutes les cérémonies de l'église étaient accomplies, tous les honneurs souverains avaient été rendus à la dépouille mortelle de Napoléon. Le cercueil fut descendu avec soin dans l'entrepont, et placé dans la chapelle ardente disposée à Toulon pour le recevoir. En ce moment les bâtimens tirèrent une dernière salve de toute leur artillerie ; puis la frégate serra ses pavois en ne conservant que le pavillon de poupe et le drapeau royal au grand mât.

Le dimanche, 18, à huit heures du matin, *la Belle-Poule* quitta Sainte-Hélène, emportant son précieux dépôt.

Pendant tout le séjour de la mission à James-Town, les meilleures relations n'ont cessé d'exister entre la population de l'île et les Français. M. le prince de Joinville et

ses compagnons ont rencontré de toutes parts, et constamment, les plus grandes prévenances, et reçu les plus
vifs témoignages de sympathie. Les autorités et les habitants ont dû éprouver sans doute un profond sentiment
de regret en voyant enlever à leur île le cercueil qui
l'avait rendue si célèbre ; mais ils l'ont réprimé avec une
courtoisie qui fait honneur à la loyauté de leur caractère.

Le 15 octobre 1815, l'empereur avait mouillé à bord
du Bellérophon, en rade de Sainte-Hélène ; le 15 octobre
1840, ses restes étaient embarqués pour revenir en
France.

M. Emmanuel de Las Cases, celui qui, à l'âge de seize
ans, suivit, avec son père, l'auguste exilé à Sainte-Hélène, et écrivit sous sa dictée l'histoire des campagnes d'I-
talie, a publié un *Journal écrit par lui, à bord de la frégate la Belle-Poule* *. Qu'il nous permette de copier ici
quelques-unes de ces pages, écrites avec l'éloquence du
cœur, et où se lisent tant de détails si palpitants d'intérêt,
qui, sans lui, seraient restés inconnus.

Mais nous renverrons au *Journal* même les lecteurs qui
ont lu le mémorial de Sainte-Hélène par le comte de Las
Cases ; cet ouvrage, immortel comme la gloire de Napoléon, et que nous plaçons, pour l'intérêt qu'il nous a in-
spiré, au-dessus de tout ce que nous avons lu pendant
notre vie de sexagénaire, nous qui avons presque toujours
lu. Le journal de M. Emmanuel de Las Cases en forme,
désormais, le complément indispensable.

«Le commandant (le prince de Joinville) désirait se rendre au tombeau de Napoléon, dont nous n'étions guère
qu'à deux lieues. Le prince de Joinville s'était découvert.
M. l'abbé Coquereau agenouillé à l'écart, à gauche de la
porte d'entrée, au pied d'un cyprès, récitait une prière.
C'était peut-être le premier prêtre catholique qui de ce
lieu élevait son âme vers le ciel, depuis que Napoléon
avait été rendu à la terre... On voyait étendu sur le sol,

---

* Un vol. in-8° avec figures. Paris, Delloye.

le tronc d'un des deux saules pleureurs qui existaient lors
de l'inhumation ; l'autre ombrageait encore le tombeau.
Nous étions silencieux.... chacun livré tout entier à ses
émotions... nous contemplions de près ces dalles noires...
rien n'y était écrit... et nous ne pouvions en détacher nos
regards... Le prince fit lentement le tour de la tombe ; il
revint cueillir quelques feuilles des plantes bulbeuses
que l'on avait fait pousser du côté où reposait la tête.
Après avoir ordonné qu'on lui préparât des boutures du
saule *, il appela M. le commandant Hernoux, son aide
de camp, et lui dit de donner au vieux soldat, gardien
du tombeau, tout ce qu'il pourrait réunir d'argent. Ce
fut une grosse poignée de napoléons, et nous partîmes.

  » Arrivé sur la hauteur, au lieu de suivre le chemin qui
ramène à la ville, le prince prit à gauche. Évidemment
il voulait aussi voir Longwood, cette demeure ou plutôt
cet autre tombeau de Napoléon, où sous la garde de sir
Hudson-Lowe, il avait mis cinq ans et demi à mourir.

  » Nous arrivions à Longwood. Les deux baraques qui en
forment l'entrée étaient dans le même délabrement qu'autrefois ; leur vue me rappelait le jour où l'empereur fut
conduit à Longwood par l'amiral sir G. Cockburn. En
cet endroit était alors un poste de soldats anglais com-
mandés par un lieutenant nommé Fitzgerald. Ce jeune
homme, d'une imagination ardente, fit présenter les
armes et battre aux champs. Le cheval que montait l'empereur ne voulait pas passer, il prit ombrage et fit un écart.
L'empereur le maintint, rendit le salut à cet officier et lui
adressa quelques mots. Celui-ci, dont la figure exprimait
une vive satisfaction, lui répondit : « Oui, monsieur l'Empereur, » ce qui, nous dit-on, lui valut une réprimande
de l'amiral. Ce lieutenant, qui était d'un caractère très-
indépendant, fut, dans la suite, à ce qu'on m'a assuré,
persécuté par sir Hudson-Lowe et envoyé aux Indes où il
est mort.

---

  * Le prince a fait recueillir soigneusement aussi les *géranium* et les
plantes bulbeuses à fleurs que l'on a enlevés avant de fouiller.

» Le prince commandant mit pied à terre pour mieux examiner. Le général Bertrand et les autres compagnons d'exil lui donnaient des explications et répondaient à ses questions. L'extérieur de l'habitation avait subi de grands changements, et quels changements !... On voyait partout des étables et des hangars à bestiaux !..... Les officiers anglais qui nous accompagnaient en éprouvaient visiblement de l'embarras, et même plus que de l'embarras. Le prince monta quelques marches qui conduisent à la première salle qu'avait habitée Napoléon. Il y entra en se découvrant, ce que firent aussi alors les Anglais qui étaient avec nous. A la vue de ce lieu, nous restâmes saisis d'un triste étonnement, et un profond silence s'établit. Cette salle ne tombait point en ruine, mais il n'y avait que les quatre murs, et tout y attestait l'abandon. Ce qui frappait, ce n'était pas la destruction, effet du temps ; c'était partout l'empreinte du délaissement le plus complet !....

» Mais quand nous entrâmes dans la chambre suivante, celle où Napoléon avait rendu le dernier soupir *, celle qui eût dû, par une telle mort, se trouver comme empreinte d'un caractère religieux et sacré ; grand Dieu ! quelle flétrissure et quelle dégradation !....

» C'était là que j'avais si souvent vu l'empereur plein de vie, s'entretenant familièrement, discutant de sujets scientifiques et littéraires, ou racontant, avec une gaieté si enjouée et un esprit si fin, des anecdotes de son temps, ou développant avec feu ses hautes conceptions politiques ; c'était là qu'il avait lutté contre la mort, que s'était passée son agonie, qu'avait reposé sa tête expirante. Le général Bertrand, M. Marchand, venaient de nous le dire : « Il était couché là ,..... la tête tournée de ce côté.... » Aujourd'hui, c'est à peine si l'on reconnaît qu'il y a eu là une chambre habitée !..... Un sale moulin à blé occupe les deux tiers de la pièce ; le plafond a été détruit pour lui faire place ; le plancher est à moitié pourri ; les murs nus

* Voyez la planche 81.

laissent voir la boue et les cailloux dont ils sont construits ; plus de porte, mais seulement un lambeau de porte ; les fenêtres en partie brisées ; ce qui en reste n'offre plus que des morceaux de vitres cassées... La douleur et l'indignation me saisirent... ma poitrine se serra... je ne pus étouffer mes sanglots.... je me hâtai de sortir.... ce jour-là je n'en vis pas davantage...

» Cependant le prince de Joinville continua son exploration. Il avait accepté pour le soir un dîner dans la maison du gouvernement. Toutes les autorités civiles et militaires anglaises s'y trouvaient ; je dus m'y rendre aussi. Les Anglais nous montraient à tous la prévenance la plus empressée. Mais le hideux et repoussant tableau de Longwood me poursuivait ; je le voyais encore, il était là, devant mes yeux.... Rien ne put dissiper la profonde mélancolie qui s'était emparée de moi. Dès qu'il me fut possible, je me retirai.

» A une autre visite, nous visitâmes une seconde fois l'ancien salon où l'empereur est mort. Son lit de camp en fer était entre les deux croisées, le côté gauche touchant le mur, la tête tournée du côté de la salle à manger ; vis-à-vis et de manière à pouvoir être vus du lit, avaient été placés un buste et un portrait du roi de Rome. Aujourd'hui le sale moulin à blé remplit presque la pièce, je le regardais comme une violation coupable du respect dû aux morts. Je n'en reparlerai pas davantage ici, je ne pourrais le faire sans amertume.

» De là on va dans la salle à manger ; c'est une chambre presque obscure dont il ne reste que les murs ; ils sont en état de dégradation. Plus de porte, le plancher en partie pourri. Au plafond, est pratiqué un trou par lequel on jette le blé dans une coulisse, qui le fait glisser jusqu'au moulin de la pièce voisine, celle où Napoléon est mort.

» De cette salle à manger, à gauche, on entre dans la bibliothèque ; à droite, dans l'appartement de l'empereur. La bibliothèque est comme les autres pièces, on n'en a conservé que les murs. La porte qui conduisait à l'appartement de l'empereur a été murée ; il faut maintenant sortir par la cour pour entrer dans son ancien emplacement.

» Pendant la vie de Napoléon, cet appartement consistait en une petite antichambre, une petite salle de bain, chacune de sept pieds de largeur ; en un cabinet de travail de quatorze pieds de long sur douze de large, et une chambre à coucher de douze pieds sur douze pieds. Aujourd'hui les murs qui séparaient intérieurement ces quatre petites pièces ont été détruits ; l'ancienne porte et les anciennes fenêtres bouchées ; une porte nouvelle et deux lucarnes étaient ouvertes. Ce lieu où pendant cinq ans et demi avait vécu Napoléon, où ce beau génie avait jeté ses dernières lueurs, où il avait dicté ces pages immortelles comme les actions qu'elles consacrent, où il avait supporté avec tant de grandeur les coups du sort, où il avait traîné sa longue agonie ;... ce lieu qui avait entendu les seuls regrets qu'il ait proférés.... pour sa femme et pour son fils... ce lieu qui avait vu une si grande existence lutter pendant si longtemps contre la destruction, puis s'affaiblir de jour en jour sous les progrès du mal..... enfin, s'éteindre..... ce lieu, dis-je, est devenu..... une écurie !!..... Les expressions manquent pour rendre l'indignation et le dégoût...

» Tout ce qui existait du temps de l'empereur a si complétement disparu, qu'il est impossible de ne pas voir qu'on l'a fait à dessein. Mais si on voulait anéantir des témoins muets, et pourtant trop éloquents encore d'actes barbares, il fallait jeter bas ces murs et non se borner à les salir.

» Lorsque le prince de Joinville vint visiter Longwood, la gêne et l'embarras des officiers anglais qui l'accompagnaient étaient plus que visibles. On m'a raconté qu'après avoir traversé plusieurs pièces avec eux, le prince était entré dans l'écurie ; que là il s'était retourné pour les questionner, mais qu'ils n'y étaient plus. Sans doute ils

n'avaient point voulu s'exposer à être témoins des sentiments que pouvait faire éclater involontairement une
pareille profanation.

» Puis-je, après cela, parler des anciens logements des
compagnons d'exil, de celui de mon père..... Tous existaient encore, mais avaient subi un sort à peu près sem-
blable.

» Que de souvenirs réveillait en moi cette triste habitation! que de sensations elle me faisait éprouver! que de
sentiments venaient s'agiter en foule dans mon âme et dans
mon cœur! Je revoyais ces lieux où l'empereur causait
avec tant d'enjouement et une si aimable familiarité, les
endroits où il s'asseyait le plus habituellement, la place
où il jouait ordinairement aux échecs, la fenêtre par laquelle il regardait, les allées où je l'avais vu se prome-
ner (car je ne m'étais jamais promené à pied avec lui),
celles où je l'avais si souvent accompagné à cheval. Quoi-
que tout fût bouleversé, cinq ou six arbres des environs de
la maison avaient été épargnés; un surtout, qui autrefois
faisait un coin d'allée. Mon père, dans son *Mémorial*, ra-
conte que quelques minutes avant d'être arraché de
Longwood, il était auprès de l'empereur avec les autres
compagnons d'exil. L'empereur venait de recevoir des
oranges envoyées par lady Malcolm : il les aimait; il en
avait très-rarement, et il eût été si facile de lui en faire
avoir toujours ! *Appuyé sur un arbre*, il les préparait gaie-
ment. On parlait de la France : « Cette France, vous la re-
verrez, vous, mes chers amis, dit-il en souriant; mais
moi...» C'est cet arbre sur lequel il était alors appuyé qui
existait encore! je le reconnaissais....

» Tout jusqu'au moindre détail était pour moi un objet
d'émotion......

.. .. Napoléon avait alors quarante sept ans. De tous
portraits, de toutes les images que j'ai vus, bien peu
ont répondu à mes propres impressions. Le seul portrait
de David et sa gravure m'ont bien rappelé les traits de
'empereur. Sa taille était ordinaire, plutôt petite que

grande. Il avait la poitrine large, le buste un peu long, en sorte qu'en le voyant à cheval, on l'aurait jugé un peu plus grand qu'il n'était en réalité. Le cou était court. Sa personne était très-bien faite. Son pied et sa main, que j'ai vus nus très-souvent, eussent été un très-joli pied et une très-jolie main de femme. Toute sa peau était lisse et blanche. Sa tête était très-grosse, et cette grosseur était la chose qui frappait le plus la première fois qu'on le voyait. Ses cheveux, châtain foncé, étaient fins comme de la soie et assez clair-semés, surtout sur la partie supé-rieure de la tête (le sinciput). Sur le front, et à un pouce et demi ou deux pouces au-dessus du front, il n'en avait plus du tout : je ne lui en ai pas vu un seul blanc. Il se rasait de manière à ne pas porter de favoris. Les traits de son visage avaient une pureté et une régularité antiques. On peut en juger par les bustes de Chodet et les divers portraits de David, Gérard, Girodet, etc. Son front était remarquablement large et élevé. Pendant sa vie, on di-sait proverbialement en France : l'œil d'aigle de l'empe-reur ; il promenait fréquemment ses regards en faisant mouvoir le globe de l'œil, mais sans remuer la tête. J'ai vu des étrangers en être frappés. Dans la vie ordinaire, l'ensemble de sa physionomie, son œil, le mouvement de ses lèvres, le port de sa tête avaient une apparence ouverte, franche, naturelle ; mais tout cela était de la plus grande mobilité et toujours en rapport avec la pen-sée qui l'occupait, ou la circonstance dans laquelle il se trouvait. Cette extrême mobilité m'a quelquefois rappelé la description d'Homère, lorsque le dieu, en touchant de son trident, produit à volonté le calme ou la tempête, tant les différentes expressions s'y succédaient alors avec rapidité. Le *Mémorial* de mon père et l'ouvrage du doc-teur O'Meara en citent plusieurs exemples. Je pourrais en ajouter d'autres. Voulait-il paraître irrité, tout en lui pre-nait subitement l'apparence de l'irritation et de la colère ; éprouvait-il un sentiment de vive bienveillance, sa phy-sionomie, son sourire, la pose de sa tête, son œil, tout devenait caressant. Voulait-il ne pas se laisser pénétrer, tout devenait terne, muet et impassible. Son pouls était de la régularité la plus parfaite. Le docteur O'Meara le lui a tâté souvent : il était presque toujours au-dessous de soixante pulsations. Des médecins m'ont dit tenir du docteur Hallé, qu'à trente-cinq ans, son pouls était ordinairement entre cinquante et cinquante-cinq pulsations. Il disait un jour à mon père qu'il pouvait dormir à volonté, que lorsqu'il en sentait le besoin, il suspendait tout exercice de ses facultés physiques et morales, et s'endormait. Il avait aussi la faculté extrêmement rare de se réveiller à heure fixe. »

Dans la gravure 91ᵉ, nous avons fait représenter Napoléon lieutenant-colonel au 1ᵉʳ bataillon de la Corse en 1792, et empereur dans la 92ᵉ; la 93ᵉ représente son portrait fait sur le masque moulé après sa mort.

VOYAGE

DE CHERBOURG A PARIS.

Si l'on avait pu débarquer à Marseille ou à Bordeaux, dans la belle saison, et faire traverser toute la France au cortége impérial, jamais un plus grand concours de population n'eût été vu, et jamais spectacle n'eût égalé celui-là; mais les difficultés d'un tel trajet étaient insurmontables, et l'on avait mieux fait en ordonnant que le noble convoi n'eût pour véhicule que les flots de l'Océan et ceux de la Seine.

Le bateau à vapeur *la Normandie* devait prendre le cercueil à Cherbourg et le transporter au Havre.

Le 8 décembre, au lever du soleil, les bâtiments de guerre, dans le port et en rade, à l'exception de la frégate *la Belle-Poule*, ont mis leurs vergues en pantenne et hissé leur pavillon à mi-mât. Tous les bâtiments de commerce français qui se trouvaient à Cherbourg avaient également leur pavillon à mi-mât, en signe de deuil.

La population de Cherbourg n'a cessé de se porter en foule au port militaire, pour visiter à bord de *la Belle-Poule* le cercueil de Napoléon. Ce cercueil remplissait presque toute la chambre ardente, placée dans l'entrepont, près du carré des officiers. On ne voyait pas le magnifique sarcophage construit à Paris et qui contenait les trois cercueils primitifs, il était lui même renfermé dans un grand coffre en chêne, pour le préserver de tout abordage pendant l'opération de l'embarquement et du transbordement. Ce coffre, avec les cercueils qu'il renfermait, pesait 2,200 kilogrammes. Le tout recouvert du poêle funéraire en velours violet, semé d'abeilles, doublé d'hermine et bordé d'une broderie splendide d'or, méandre enlaçant de distance en distance le chiffre de Napoléon. Les angles ornés d'un aigle entouré d'étoiles et surmonté de la couronne impériale, le tout brodé en or. Le milieu de ce poêle surmonté d'une large croix de brocart d'argent. Sur la tête du cercueil la couronne impériale, voilée d'un crêpe. Au pied une lampe dorée.

Les tentures des plafonds et des bords de la chambre ardente en velours étoilé d'argent, dans toute leur longueur, avec des cordons, des franges et des glands de même métal. Cette chambre était éclairée par six fanaux ; un à chaque angle du cercueil, près d'une cassolette, et un de chaque côté de l'autel élevé sur l'arrière, et supporté par deux grands aigles dorés. Il est impossible de voir quelque chose de plus riche et de plus imposant ; c'était la majesté impériale dans toute sa pompe funèbre.

La messe solennelle qui devait être célébrée à bord de *la Belle-Poule* a été empêchée par la pluie. Le transbordement a eu lieu aussitôt après l'absoute et en présence de toutes les autorités. La garde nationale de la ville et toutes les troupes de terre et de mer étaient rangées en bataille dans le port. Au moment où la frégate *la Belle-Poule* a amené le pavillon du grand mât, tous les forts, la batterie de la marine, celle de la digue et les bâtiments de guerre qui se trouvaient en rade ont fait une salve de

21 coups de canon. *La Normandie*, portant le catafalque, *le Courrier* et *le Véloce*, bateaux à vapeur, composant le convoi funèbre, ont fait route pour l'entrée du Havre où ils apparurent le 19 au matin.

L'attention se portait particulièrement sur *la Normandie* qui, sévère dans son aspect, portant haut ses mâts, et secouant avec fierté sa crinière tricolore, semblait, comme le coursier du poëte, frémir avec orgueil sous le précieux fardeau qu'elle portait. Cependant ce splendide spectacle n'arrêtait pas longtemps les regards, et bientôt, impatients, ils s'abaissaient sur le pont du navire, interrogeant avec anxiété toutes ses parties.

Sur le gaillard d'arrière, entre quatre fanaux ardents, dont la vive lumière se mariait aux clartés naissantes du jour et aux derniers reflets de la lune, apparaissait le vaste cercueil qui renferme les restes mortels du plus grand homme que la France ait produit. — Fuyant, vaincu, la patrie qu'il a tant illustrée; trahi par les siens, trahi par ceux auxquels il demandait asile, il était allé mourir sur la terre de l'exil, expiant ainsi par une longue agonie ses fautes, bien pardonnées aujourd'hui par la France, qui ne se souvient plus que de sa gloire. Un quart de siècle a passé sur ses cendres, et les voilà de retour; elles nous sont rendues : sous ce drap noir sur lequel une croix blanche étend ses bras funèbres, repose le corps de celui qui mena si souvent les Français à la victoire. Il est là, il passe sous nos yeux, et revient demander à la France la tombe nationale qui fut son dernier vœu.

Ces pensées, qui se croisaient rapidement dans l'esprit des spectateurs, expliquent assez le respectueux silence qui accueillit cette scène lugubre et saisissante. Lentement le précieux dépôt glissa devant la foule émue, et le recueillement général ne fut troublé que par le bruit du premier coup de canon, annonçant l'entrée des restes mortels de l'empereur dans un fleuve français, entre ces rives qu'il a choisies pour le lieu de sa sépulture.

A ce moment, le soleil, vif et resplendissant, se levait au-dessus des collines qui ferment le lit de la rivière, et faisait pâlir les flammes funéraires. Ses rayons dorés, tombant sur la chapelle ardente, en faisaient jaillir des milliers d'étincelles. Le cercueil semblait comme entouré d'une atmosphère lumineuse, d'où s'échappaient en éclairs les reflets de la couronne d'or qui surmonte le drap mortuaire. Ce n'était pas un prestige, notre imagination ne nous a pas trompés ; nous avons été témoins de ce miraculeux hasard. Napoléon rentrait en France ceint d'une auréole de lumière, ou c'était le soleil d'Austerlitz qui saluait le retour du héros.

Tous les honneurs furent rendus au Havre comme à Cherbourg.

A l'arrivée sur la Rade du Havre, *le Véloce* avait été remplacé par *la Seine*, remorquant un bâtiment de l'état portant des canons, afin de faire les saluts. *Le Courrier* fut ajouté aussi au convoi. Dans la nuit du 9 au 10, l'expédition vint mouiller au Val-de-la-Haye, à trois lieues au-dessous de Rouen.

Le cercueil fut alors retiré de *la Normandie*, et placé à bord d'une des *Dorades* qui, jointes aux trois bateaux de l'Étoile, à *l'Elbeuvien*, au *Parisien*, à *la Parisienne* et au *Zampa*, bateaux à vapeur de la haute Seine, forma une nouvelle flottille de dix navires, toujours commandée par le prince de Joinville. L'accueil qu'a rencontré le convoi pendant son trajet, témoigne du vif enthousiasme qui animait les populations riveraines. Les deux côtes, quelque distantes qu'elles soient l'une de l'autre, étaient bordées des habitants des communes voisines de la Seine, foule presque invisible et dont la présence n'était attestée que par des coups de fusil tirés en signe d'honneur par quelques vieux soldats laboureurs accourus pour saluer l'ombre de leur général. Du haut des collines, du fond des vallées, du plus loin que l'on pouvait distinguer la flottille, partaient des signaux de toute espèce indiquant des groupes de citoyens, satisfaits d'avoir pu apercevoir le cercueil du héros populaire.

A Quillebeuf où le convoi devait longer la terre, une ovation était préparée. De l'autre côté de la Seine, et malgré leur éloignement, les citoyens de Lillebonne, sous les armes, garnissaient la rive, et telle était l'intensité du sentiment qui les animait, que séparés du convoi par toute la largeur de la Seine, ces braves gens s'avançaient jusque dans l'eau pour s'en rapprocher.

Le convoi ne tarda pas à arriver à Rouen où les maisons étaient pavoisées de drapeaux tricolores, les quais ornés de pyramides de couleur violette parsemées d'abeilles d'or et de faisceaux de drapeaux tricolores. Sur chaque pyramide était inscrit en lettres d'or le nom d'une grande victoire de l'empire. Au milieu du terre-plein du Pont-Neuf s'élevait un immense drapeau tricolore surmonté d'un grand aigle aux ailes déployées. D'élégants pavillons, revêtus d'étoffes violettes parsemées d'abeilles d'or, avaient été placés sur les pieds de bois de l'ancien pont. sur la partie basse du quai Saint-Sever était une vaste tente, destinée à abriter les autorités civiles et militaires, ainsi que le clergé. Enfin, l'arche du pont d'Orléans avait été transformée en un grand arc de triomphe appuyé de deux côtés d'arcs de moindre dimension, le tout recouvert aussi d'étoffes violettes semées de trente-six mille abeilles d'or et orné d'aigles, d'N couronnées, de renommées et des armes de Napoléon. Les montants de cet arc étaient décorés de drapeaux de 10 mètres de long, et on évalue à plus de 20 mètres la quantité d'étoffes employée à la tenture.

Au sommet de la flèche de la cathédrale, une oriflamme tricolore surmontait un énorme faisceau de drapeaux, et la côte Sainte-Catherine était également décorée de faisceaux et de drapeaux.

A huit heures, l'artillerie de la garde nationale se rendit sur la côte Sainte-Catherine, les tambours battirent le rappel; le mouvement devint plus animé. A neuf heures

4

et demie, les divers corps de la garde nationale se rendirent aux postes qui leur avaient été désignés le long
des quais. Les bataillons de la banlieue débouchaient par
diverses routes et prenaient leurs places, ainsi que la
troupe de ligne.

En même temps, les diverses autorités, le conseil municipal, la cour royale en robes rouges, les tribunaux,
l'académie, les fonctionnaires de tout ordre partaient
pour se rendre sous la tente du quai Saint-Sever, ainsi
que le préfet, le lieutenant général Teste, accompagné
de son état-major. S. Em. Mgr. le cardinal-archevêque de
Rouen, entouré de tout le clergé de la ville, des sémi-
naires et de beaucoup d'ecclésiastiques étrangers, sortit
processionnellement de la cathédrale et vint prendre la
place qui lui avait été réservée. Le pont d'Orléans s'était
couvert des anciens militaires et des légionnaires de l'empire, respectables débris de nos vieilles et glorieuses armées. Le canon tonnait de minute en minute ; les cloches
sonnaient le glas. Le brouillard s'était levé ; sur la Seine,
on voyait les deux navires d'honneur, le trois-mâts *le Ro-
thomagus* et le brick *le Sylphe*, stationnant vis-à-vis la mâ-
ture et pavoisés depuis le pont jusqu'à la cîme des mâts ;
des canots de sauvetage, montés par d'habiles plongeurs,
parcouraient seuls la surface du fleuve. Les quais et le
Pont-Neuf étaient couverts d'une immense population
qui se pressait derrière les rangs de la garde nationale ;
toutes les fenêtres des maisons, et jusqu'aux toits, étaient
garnis de nombreux spectateurs.

A onze heures moins quelques minutes, le convoi pa-
raît. Bientôt *la Dorade* s'avance ; chacun peut alors con-
templer le catafalque qui contient le corps de l'empereur
Napoléon. Un silence religieux s'établit parmi la foule ; il
est facile de voir que l'émotion est dans tous les cœurs.

Le catafalque, couvert d'un drap de velours violet et or,
surmonté de la couronne impériale voilée d'un crêpe noir
et de couronnes de laurier, entouré de cierges, est placé
sur le devant du bateau. Aux quatre coins, gardés par

quatre marins de *la Belle-Poule*, sont debout MM. les généraux Bertrand et Gourgaud, M. Marchand, le fidèle valet de chambre de l'Empereur, en uniforme de garde national, et M. le comte de Rohan-Chabot, commissaire du roi. Derrière le catafalque, M. l'abbé Coquereau récite des prières et brûle de l'encens ; plus loin, S. A. R. Mgr. le prince de Joinville, entouré de son état-major ; sur le milieu du bateau, les marins de *la Belle-Poule* sont en rang et rendent les saluts avec quatre pièces de canon situées sur l'arrière. Les vieux soldats qui se trouvaient sous l'arc-de-triomphe ont pu rendre un dernier hommage à leur ancien général : ils ont laissé tomber sur son cercueil des couronnes d'immortelles, simple et touchant témoignage de leur culte envers l'Empereur.

Arrivé en face de la tente du quai Saint-Sever, le bateau s'est arrêté. S. Em. Mgr. le prince de Croï a commencé la pieuse cérémonie. Tous les assistants se découvrent, et, les yeux fixés sur le cercueil du grand homme, ils s'unissent de cœur aux prières du prélat.

Le signal de départ est donné ; les canons tirent à grande salve ; les cloches sonnent à toute volée, et le navire, emporte vers la grande ville le corps que tous eussent voulu conserver plus longtemps parmi eux et honorer par plus d'hommages.

Jamais cérémonie n'avait été aussi importante à Rouen.

Mais cet enthousiasme, quelque vif qu'on le suppose, a été égalé par celui des communes voisines. Là, toutes les fenêtres, tous les toits des maisons étaient couverts d'une population avide de voir passer le cortége. Les gardes nationales, à demi organisées, se mêlaient à un clergé nombreux dont l'élan devançait tous les autres et saisissait toutes les occasions ingénieuses de se manifester. Ici, il y avait inscrit en lettres blanches sur une tenture noire, ces mots : *Honneur à l'empereur Napoléon !* Là, des cris d'allégresse donnaient le signal à ceux de la population que répétaient à l'envi tous les équipages de la flottille. Jamais nous n'avons été témoins d'une fête pareille! Jamais héros national ne fut si universellement célébré!

Elbeuf a peut-être vaincu Rouen en enthousiasme ; ce peuple de fabricants, hommes et femmes, n'avait qu'une voix pour honorer Napoléon. De vieux soldats de l'empire, en gand uniforme, étaient mêlés à la garde nationale, agitant leurs armes et leurs drapeaux, et versant des larmes d'attendrissement. De pareilles scènes touchent profondément le cœur ; les expressions manquent pour les retracer.

Partout enfin, les populations ont associé à l'expression de leur admiration pour la mémoire de l'Empereur celle de leur attachement pour la dynastie, qui veut garder intact, au sein d'une paix honorable, le glorieux dépôt des souvenirs et des libertés de la France.

Le 10, à cinq heures du soir, le convoi impérial a traversé Pont-de-l'Arche, pour aller stationner à une demi-lieue au-dessus de cette ville.

La flottille a défilé entre deux haies de gardes nationales appartenant aux bataillons de l'arrondissement de Louviers, et en tête desquelles se trouvaient M. le préfet de l'Eure, M. le général commandant du département, et les principales autorités.

Le lendemain à 10 heures du matin, le convoi a été reçu à Mantes, et à Poissy dans la journée. M. le duc d'Aumale, envoyé par le Roi, y est arrivé le soir et s'est rendu à bord de *la Dorade*, n° 3, montée par M. le prince de Joinville. LL. AA. RR. y ont passé la nuit. Comme partout, une foule considérable s'était portée sur les deux rives où toutes les gardes nationales des environs et la troupe de ligne s'étaient réunies. Toute cette population a assisté, dans un religieux recueillement, à la messe qui a été dite sur le pont de *la Dorade*.

La ville de Saint-Germain avait fait décorer le pont du Pecq. Les autorités et les gardes nationales des communes voisines s'y rendirent pour saluer le cercueil de l'empereur Napoléon. Un corps de musique militaire, sous la direction de M. Habenek, exécuta sur ce point des symphonies funèbres, lors du passage du convoi.

M. le duc d'Orléans est arrivé le 13 au soir à Maisons. Le convoi a traversé devant le Pecq le 14 à dix heures, et à midi et demi à Chatou.

Les populations, les gardes nationales, les troupes de ligne bordaient partout les rives du fleuve. Une tente avait été dressée en face de l'île Saint-Denis. Là, des honneurs furent rendus par les autorités, le clergé, les chanoines de Saint-Denis, et par une députation de demoiselles de la Légion d'honneur en grand deuil. Lorsque la flottille fut arrivée à la hauteur de la tente dressée pour les autorités, elle se plaça ainsi :

La Parisienne, la *Dorade* surmontée du catafalque de l'Empereur ; sur l'avant, entre la croix et le corps, se tenait debout en grand uniforme de capitaine de vaisseau, S. A. R. Mgr. le prince de Joinville. A la tête du corps étaient, debout aussi, MM. les généraux Bertrand et Gourgaud, et derrière eux, M. l'aumônier, revêtu de son costume sacerdotal. A la suite de *la Dorade* et en première ligne se trouvait un bateau à vapeur, sur lequel était le corps des musiciens exécutant d'intervalle en intervalle des symphonies funèbres ; enfin les bateaux qui portent l'équipage de *la Belle-Poule* au nombre de 500 hommes. Aussitôt que *la Dorade*, sans quitter le milieu du fleuve, et sans se laisser aborder, fut placée en face du temple, le prince fit faire une courte halte ; M. Rey, ancien évêque de Dijon, assisté de tout le clergé, donna l'absoute, et la flottille reprit sa marche.

Le 14 au matin, le cercueil fut transbordé sur le bateau à vapeur, construit pour la cérémonie. Sa longueur était de 24 mètres sur 8 de largeur. Il figurait un temple funèbre, soutenu par des colonnes en bronze et dont l'entrée était décorée par quatre caryatides dorées. Aux angles du couronnement, des aigles d'or portaient de riches guirlandes d'immortelles. Le cercueil, placé au milieu du temple et couvert du poêle impérial de velours violet parsemé d'abeilles d'or, d'aigles et d'N renfermés dans des couronnes, s'apercevait du rivage où s'élaboraient des parfums. L'avant était surmonté et comme guidé par un aigle immense en or, et l'arrière semblait le jardin des gloires, où paraissaient les lauriers, les palmiers et d'immenses drapeaux portant les noms des victoires.

Un navire, portant deux cents musiciens dirigés par M. Habeneck, est venu prendre la tête de la flottille et a exécuté, pendant tout le reste de la route, des symphonies et des airs funèbres, composés pour la solennité, par MM. A. Adam Auber et F. Halevy.

Le soir du 14, l'expédition s'est arrêtée à Courbevoie, dernière station où Napoléon devait enfin toucher la terre de France.

SOLENNITÉ

DU 15 DECEMBRE.

Nous commencerons d'abord par chercher à donner une idée de la magnificence des préparatifs et des décorations qui ornaient tous les lieux qui devaient être témoins des cérémonies ou du passage du cortége.

Sur la berge de Courbevoie, près du pont de Neuilly, un temple grec à jour, devant servir de débarcadère pour la flottille.

A l'entrée du pont, une forêt de charpente colossale, recouverte de peinture, représente la colonne rostrale de Notre-Dame-des-Grâces, patronne des marins. Cette colonne, haute de 45 mètres, est assise sur trois soubassements, ainsi décorés : le premier, d'un bas-relief représentant l'aller et le retour de *la BellePoule*, et le trajet de Cherbourg à Neuilly ; le deuxième, de trois trophées maritimes, composés de quatre proues formant la croix, et au centre desquelles est dressée une pièce de canon surmontée d'un aigle ; le tout entouré de drapeaux aux insignes impériaux, de bombes et d'obusiers ; enfin, le troisième soubassement est celui où se tient assise la patronne des marins. Près de cette statue se trouvent trois énormes trépieds qui jettent des flammes de couleur. Les angles supérieurs de ce dernier socle sont surmontés chacun d'un aigle aux ailes déployées, et tenant la foudre dans ses serres. La colonne, de forme octogone, est décorée par étage jusqu'au chapiteau, de trois proues maritimes supportant des guirlandes et des couronnes d'immortelles.

Le chapiteau est surmonté d'un globe énorme sur lequel est écrit *France*, et qu'un aigle de 5 mètres d'envergure domine.

Des piédestaux, portant des trépieds et des trophées, décorent les deux côtés du pont.

Le splendide aspect de l'arc de triomphe de l'Étoile (planche 5) était luxueusement enrichi. On avait décoré la plate-forme de l'apothéose de Napoléon en bonze et ainsi composée : l'Empereur en grand costume impérial ; à ses côtés sont le génie de la Guerre et celui de la Paix. Ce groupe est posé sur un socle d'une grande proportion, orné de guirlandes et de trophées d'armes de toute espèce, rappelant les batailles et victoires de Napoléon. A chaque angle se trouve un énorme trépied d'où s'élèvent des flammes de couleur. Enfin, aux angles du monument, sont, portant des oriflammes, des renommées à cheval représentant la Gloire et la Grandeur. Quant à l'ensemble de l'arc de triomphe, pavoisé d'abord tout autour par une rangée de mâts, portant des oriflammes où sont inscrits les noms des armées de la république et de l'empire. Les candélabres sont transformés en faisceaux de drapeaux.

Depuis la barrière de l'Étoile jusqu'au pont de la Concorde, de chaque côté de la chaussée de l'avenue des Champs-Élysées, sont placés, de distance en distance, dix-huit piédestaux, trente-six pour les deux côtés, portant alternativement, les uns des cassolettes immenses d'où s'élèvent des flammes, les autres des statues représentant des victoires. Entre elles s'élèvent des colonnes ornées de trophées, portant sur des boucliers les noms des principales victoires, et surmontés de grands aigles d'or aux ailes déployées et lançant la foudre.

A chaque angle du pont de la Concorde (planche 6), une colonne triomphale, surmontée d'un aigle et ornée à la base d'un bas-relief représentant les génies de la Guerre et de la Paix ; puis sur les piédestaux du milieu huit statues de quatre mètres de hauteur, et représentant : la

Prudence, la Force, l'Agriculture et les Arts, la Justice, la Guerre, le Commerce et l'Éloquence. Enfin, en avant de ce même pont, sur le perron de la chambre des députés, est placée la statue colossale de l'Immortalité (planche 96).

Depuis la grille de l'hôtel des Invalides jusqu'au quai d'Orsay, trente-deux statues, seize de chaque côté, décorent cette avenue; elles représentent : Clovis, Charles Martel, Puilippe-Auguste, Charles V, Jeanne d'Arc, Louis XII, Bayard, Louis XIV, Turenne, Duguay-Trouin, Hoche, Latour-d'Auvergne, Kellerman, Ney, Jourdan, Lobau, Charlemagne, Hugues Capet, Louis IX, Charles VII, Duguesclin, François Ier, Henri IV, Condé, Vauban, Moreau, Desaix, Kléber, Lannes, Masséna, Mortier et Macdonald.

C'était une population d'hommes célèbres qui semblaient s'être réunis là pour saluer les mânes du plus grand homme qui ait illustré la France.

Entre chacune des statues sont des trépieds qui jettent des flammes. Enfin, dans les quinconces, sont construites deux lignes d'estrades richement drapées et ornées de mâts pavoisés, où peuvent prendre place près de trente mille personnes.

En avant de la grille (planche 97) s'élève un immense dais funéraire, espèce d'arc de triomphe orné et pavoisé, sous lequel viendra s'arrêter le char impérial pour y déposer son précieux dépôt, en présence des autorités civiles et militaires, placées à droite et à gauche du dais sur des estrades.

Deux rangées de candélabres, surmontés d'immenses cassolettes, comme celles des Champs-Élysées, jetteront de ces grandes flammes obscures qui donnent un aspect si imposant aux cérémonies des funérailles publiques.

Sur la façade principale de la grande cour des Invalides, dite *Cour royale* (planche 98), où est placée la statue de l'Empereur, se trouve une vaste chapelle ardente de 18 mètres d'élévation, où viendra se placer le Roi pour recevoir les dépouilles mortelles de Napoléon. Cette chapelle est décorée de bas-reliefs imitant le bronze, et représentant toutes nos batailles et victoires. Dans cette même cour, sont de chaque côté des estrades pouvant recevoir six mille personnes. Tous les pilastres des galeries sont convertis en trophées d'armes surmontés d'un aigle; entre eux, à la hauteur des arcades sont des écussons, entourés de couronnes de lauriers, représentant, les uns le chiffre impérial, et d'autres, la croix de la Légion d'honneur. Puis, entre chaque arcade pendent deux immenses festons de guirlandes de laurier.

A la hauteur des combles, tout autour de la frise, apparaissent, écrits en grosses lettres d'or, tous les noms des héros, depuis 1792 jusqu'à nos jours. Cette frise, ainsi ornée, est ensuite bordée dans toute son étendue d'un triple cordon de guirlandes entrelacées de couronnes d'immortelles. Au-dessus, tout autour des combles, règne encore un cordon aux insignes de la Légion d'honneur. Enfin, au milieu de la cour, tout le long des estrades, existe une ligne de mâts pavoisés, surmontés d'une énorme étoilé dorée.

Quant à la vaste chapelle, espèce de temple à la teinte bronzée, érigée en avant du portail de l'église pour la réception du corps de l'Empereur par le Roi, elle est de forme carrée, soutenue par quatre colonnes quadrangulaires, avec architraves sur toutes les faces, et surmontée de frontons représentant les armes impériales. Celui de la façade est dominé par Notre-Dame-de-Grâce, ayant à ses côtés deux génies. Les architraves représentent des portraits de généraux et des noms de batailles au-dessous. Voici quels sont ces généraux : Au milieu de l'architrave de face, Lefebvre, ayant à sa droite Augereau, Jourdan et Moncey; à sa gauche, Soult, Kellerman et Masséna; puis, sur les colonnes qui soutiennent ces figures, on lit : Rastadt, Maestricht, Kehl, Weissembourg, Gênes, Mont-Thabor, le Var, Montebello, Arcole, Montenotte, Lodi, Castiglione, Rivoli, Pyramides, Aboukir et Héliopolis.

Architrave de droite : Au milieu, Brune, ayant à sa droite Berthier, Ney, Oudinot; à sa gauche, Suchet, Lannes et Bernadotte, et au-dessous de ces noms on lit : Halle, San-Giuglano, Sédiman, Smolensko, Krasnoï, Ostrolinka, Gaëte, Mincio, Eylau, Ratisbonne; Dantzig, Somo-Sierra, Loano, Millésimo et Tagliamento.

Architrave de gauche : Au milieu, Davoust, ayant à sa droite Bessières, Gouvion-Saint-Cyr et Pérignon ; à sa gauche, Serrurier et Macdonald ; enfin, au-dessus de ces grands hommes, se lit l'inscription suivante : Dresde, Eckmull, Zurich, la Moskowa, Lutzen, Bautzen, Montmirail, Iéna, Austerlitz, Ulm, Friedland, Esling, Wagram, Hanau et Marengo.

La base des piédestaux-colonnes, sur lesquelles on lit toutes ces batailles, est décorée extérieurement d'une figure de Victoire, et intérieurement de divers autres noms de batailles.

Dans l'église chaque colonne de la nef supporte encore un trophée de nouveaux obélisques, mais dans un style plus moderne, racontant toute l'histoire militaire de l'empire. Au pied de chaque obélisque, une pierre funéraire, un nom sur cette pierre avec le blason de ces illustres anoblis de la victoire, et au-dessous des combats inscrits, qui sont tous des victoires.

Au devant des colonnes, s'étend une tribune étroite toujours drapée de noir, derrière les colonnes d'autres estrades encore, qui ont jour sur la nef par des rideaux ouverts, violets à franges blanches.

Sur le devant des tribunes supérieures, descend encore une tenture noire et argentée; sur la tenture, des couronnes vertes encadrent les inscriptions suivantes : Campo-Formio. — Code Napoléon. — Création de la Légion d'honneur. — Concordat. — Rétablissement du culte. — Création de la cour des comptes. — Lunéville et Amiens. — Industrie, commerce, agriculture. — Lettres, sciences et arts. — Création de la banque de France. — Création du conseil d'état. — Organisation de l'administration publique. — Travaux d'utilité publique.

Et partout des lustres, partout des candélabres de bronze, partout des drapeaux et des trophées, longue galerie pleine d'émotions, de deuil, pleine de souvenirs.

Au delà de la nef, des degrés tapissés de noir conduisent au rond-point qui précède le tombeau. De longues et majestueuses tentures de drap violet pendent du haut de la voûte, et nul jour autre que celui des lustres suspendus et les mille jets d'une couronne de gaz continue. Le drap violet porte pour armoiries l'aigle impériale sur le manteau héraldique de pourpre et d'hermine, avec des abeilles d'or.

Le tombeau placé sous la coupole (planche 99) se compose d'un vaste soubassement et du cénotaphe assis entre quatre colonnes d'or. A chaque colonne, une figure allégorique, la tête inclinée, pose le pied sur des trophées où se mêlent aux armes romaines les armes de l'empire, et en cercle, autour du monument, se dressent des trépieds d'or prêts à s'allumer. Tout cela est en or.

Cette partie du dôme est drapée de violet, colonnes revêtues de drap violet décoré d'arabesques d'or; estrades tapissées de violet, loges tendues de violet avec des écussons, des N et des abeilles; franges d'or, lustres et feuillages; partout profusion de lumières, de guirlandes, de festons et de drapeaux.

L'autel a été transporté à l'abside. C'est là que le service funèbre sera dit par Mgr. l'archevêque de Paris.

A la droite de l'autel, un magnifique dais de velours, surmonté de drapeaux et de panaches flottants est préparé pour le Roi.

Rien n'égale la magnificence du char (planche 96). Les chiffres suivants donnent une exacte appréciation de ses formes et dimensions: hauteur, 10 mètres 60 cent. ; longueur, 10 mètres : largeur, 5 mètres 10 cent. Il est monté seulement sur quatre roues massives et entièrement dorées, et c'est à partir des essieux qu'il compte 10 mètres

60 cent. d'élévation. Ce char se compose d'un soubassement à panneaux encadrés dans des colonnettes à chapitaux, et est surmonté d'un mausolée ou sarcophage. Le socle, revêtu jusqu'à terre d'une draperie de velours violet et or, parsemée d'abeilles, d'étoiles avec des aigles brodés dans des couronnes, et dans lequel se trouvera renfermé le cercueil de l'Empereur, est rehaussé d'un aigle à chaque angle de l'entablement. L'avant-train et l'arrière-train de cet équipage, de forme demi-circulaire et à plate forme, sont décorés de quatre trophées de drapeaux de toutes les nations conquises.

Quant au mausolée, également drapé comme son piédestal, et décoré du manteau impérial, du sceptre et de la couronne, il est supporté par quatorze figures représentant nos prinipales victoires. Enfin, tout le tour de la galerie du soubassement est bordé de guirlandes après lesquelles sont attachées des couronnes d'immortelles. Le tout est couvert d'un immense crêpe qui traîne jusqu'à terre. Ce prodigieux corbillard, ainsi composé, sera traîné par seize chevaux, panachés et couverts complétement de housses dorées aux armes de l'Empereur. Les cordons seront portés par trois maréchaux et un amiral.

Cet équipage avait été promené pour en faire l'essai. Pour son passage, on avait donné ordre que les réverbères fussent démontés.

Tout Paris se préoccupe de la grande solennité qui se prépare. Les propriétaires des fenêtres placées sur la route que doit suivre le cortége les louent un prix fou ; les murs de Paris sont placardés d'affiches à ce sujet, tant la spéculation est alerte à saisir toutes les voies de gain que le hasard ouvre devant elle. On pourra se faire une idée de l'empressement avec lequel on s'assure des places sur la ligne du cortége, par le fait qui nous est affirmé qu'un balcon a été loué 3,000 fr. par un spéculateur, et une maison non habitée 5,000 fr. La plus mince croisée dans les étages élevés se paye 50 fr., et une croisée du premier ou du second 150 fr.

Depuis le rond-point de l'avenue des Champs-Élysées jusqu'à la barrière de l'Étoile, les devantures de maisons et les vastes terrains situés en face du quartier Beaujon et de l'avenue Lord-Byron se convertissent en estrades dont les propriétaires s'attendent à louer chèrement les places. D'un autre côté, à Neuilly, les maisons sont placardées d'écriteaux portant : Fenêtres et balcons à louer.

Parmi les personnes qui arrivent en grand nombre pour assister à la solennité du 15 décembre, on remarque beaucoup de militaires qui portent les stigmates honorables de leurs vieux services.

Mais le quartier que l'exilé de Sainte-Hélène met le plus en émoi est celui du Gros-Caillou. La joie des invalides est presque une démence; il semble qu'on va les rendre à leurs batailles, à leur gloire d'autrefois. Ces pauvres vieux mutilés oublient leurs douleurs, leurs souffrances; ils chantent, rient, brossent leurs uniformes, fourbissent leurs sabres comme pour un jour de revue du grand capitaine. Il est impossible de ne pas être touché jusqu'aux larmes de cette reconnaissance qui ne repose, pour le prix d'un bras, d'une jambe emportée, que sur une parole, un bout de ruban rouge dispensé par celui qui, chaque jour, leur faisait voir la mort en face. On ne sait lequel admirer le plus, ou du chef ou du soldat!

Avant sept heures du matin, les tambours de la garde nationale battaient le rappel dans toutes les légions; une heure après, la garde nationale de Paris tout entière, et dans une admirable tenue, était sous les armes et se rendait sur le terrain, où l'avait déjà devancée une foule considérable, avide d'assister à la solennité. A dix heures, l'immense étendue des Champs-Élysées, avenue et carrés compris, l'avenue de Neuilly jusqu'au pont de ce nom, étaient encombrés d'une foule de plusieurs centaines de milliers de personnes , foule qui a grossi jusqu'au passage du cortége.

Jamais , à aucune des cérémonies qui ont eu lieu depuis 50 ans , une pareille affluence ne s'était fait voir. Non-seulement les rues de Paris et des faubourgs étaient encombrés de monde qui arrivait ; mais on voyait le même concours sur les routes à plusieurs lieues à la ronde ; et il faut se souvenir que ce jour-là, le thermomètre marquait un froid de 10 à 12 dégrés.

Vers cette heure les marins de *la Belle-Poule* , en grande tenue , débarquaient le cercueil de l'empereur et le plaçaient dans le char impérial qui stationnait dans le temple funèbre , construit en face du lieu de débarquement , où il avait été amené la nuit dernière. Les autorités civiles et militaires étant arrivées , l'absoute fut donnée , et le cortége se mit en marche dans l'ordre suivant :

La gendarmerie de la Seine , avec trompettes, le colonel en tête ; la garde municipale à cheval , avec étendard et trompettes, le colonel en tête ; deux escadrons du 7e de lanciers, avec étendard et musique , le colonel en tête ; le lieutenant-général Dariule , commandant la place de Paris, et son état-major, auquel s'étaient joints les officiers en congé ; un bataillon d'infanterie de ligne , avec drapeau, sapeurs, tambours et musique , le colonel en tête ; la garde municipale à pied , avec drapeau et tambours , le lieutenant-colonel en tête ; les sapeurs-pompiers , avec drapeau et tambours , le lieutenant-colonel en tête ; deux escadrons du 7e de lanciers , le lieutenant-colonel en tête ; deux escadrons du 5e de cuirassiers , avec étendard et musique, le colonel en tête ; le lieutenant-général Pajol , commandant la division, et son état-major ; les officiers de toutes armes , sans troupe , employés à Paris, au ministère et au dépôt de la guerre; l'école spéciale et militaire de Saint-Cyr, son état-major en tête ; l'école polytechnique , son état-major en tête ; l'école d'application d'état-major, son état-major en tête ; un bataillon d'infanterie légère , avec drapeau , sapeurs , tambours et musique , le colonel en

tête ; deux batteries d'artillerie ; le détachement du 1er bataillon de chasseurs à pied ; les sept compagnies du génie
cantonnées dans le département de la Seine, formant un
bataillon sous les ordres d'un chef de bataillon ; les quatre compagnies de sous-officiers vétérans ; deux escadrons
du 5e de cuirassiers, le lieutenant-colonel en tête ; quatre
escadrons de la garde nationale à cheval, avec étendard et
musique, le colonel, M. le comte de Montalivet, en tête ;
le maréchal Gérard, commandant supérieur de la garde
nationale de la Seine, et son état-major ; la 2e légion de
la garde nationale de la banlieue ; la 1re légion de la
garde nationale de Paris ; deux escadrons de la garde
nationale à cheval de Paris, le lieutenant-colonel en tête.
Un carrosse dans lequel était M. l'abbé Coquereau, aumônier venant de Sainte-Hélène ; les officiers généraux
de l'armée de terre et de mer, du cadre de réserve ou en
retraite, qui se trouvent à Paris, et qui se sont présentés
en uniforme et à cheval ; les officiers généraux et autres
de la marine royale ; le corps de musique funèbre ; le
cheval de bataille ; un peloton de 24 sous-officiers décorés,
pris dans la garde nationale à cheval, dans les corps de
cavalerie et de l'artillerie, de la ligne et de la garde municipale, sous les ordres d'un capitaine de l'état-major
de la garde nationale. Un carrosse, attelé de quatre chevaux, dans lequel était la commission de Sainte-Hélène.
Un peloton de trente-quatre sous-officiers décorés, pris
dans l'infanterie de la garde nationale, dans l'infanterie
de ligne et de la garde municipale, et dans les sapeurs-
pompiers, sous les ordres d'un capitaine de l'état-major
général de la garde nationale à pied. Les maréchaux de
France. Les quatre-vingt-six sous-officiers portant les drapeaux des départements, sous les ordres d'un chef d'escadron de la division. S. A. R. le prince de Joinville et
son état-major. Les cinq cents marins arrivés avec le corps
de l'Empereur.

Venait ensuite le char funèbre ; M. le maréchal duc de
Reggio, grand chancelier de la Légion d'honneur, M. le

maréchal Molitor , M. l'amiral baron Roussin et M. le général Bertrand tenaient chacun un cordon d'honneur fixé au poêle impérial. Les anciens aides de camp et officiers civils et militaires de la maison de l'Empereur. Les préfets de la Seine et de police, les membres du conseil général, les maires et adjoints des communes rurales, ainsi que les membres des conseils municipaux qui se sont joints au cortége. Les anciens militaires de la garde impériale en uniforme, la députation d'Ajaccio, les militaires en retraite.

La garde nationale et la troupe de ligne, qui formaient la haie, suivaient immédiatement le cortége après avoir rompu alternativement de chaque côté.

La marche du cortége était fermée depuis le pont de Neuilly jusqu'à l'esplanade des Invalides ainsi qu'il suit :

Un escadron du 1er de dragons, le lieutenant-colonel en tête ; M. le lieutenant général Schneider, commandant la division hors de Paris et son état-major ; M. le maréchal de camp Hecquet, commandant la 4e brigade d'infanterie hors Paris ; un bataillon du 35e de ligne, avec drapeaux, sapeurs et musique, le colonel en tête ; les deux batteries d'artillerie établies à Neuilly ; un bataillon du 35e de ligne, le lieutenant-colonel en tête ; M. le maréchal de camp de Lawoëstine, commandant la brigade de cavalerie de Paris ; deux escadrons du 1er de dragons, avec étendard et musique, le colonel en tête.

Le char, attelé de ses seize chevaux panachés et couverts complétement de housses aux armes de l'Empereur. Arrivé sous l'arc de triomphe de l'Étoile, il a fait une courte station : pendant ce temps les batteries d'artillerie placées sur les hauteurs, à gauche de la barrière, ont exécuté une salve de 21 coups de canon. Une première salve d'honneur avait été également tirée à Courbevoie au moment du départ par les deux batteries qui y étaient placées.

La marche du cortége a été fort régulière. Le char est arrivé à une heure et demie à la grille des Invalides où il s'est arrêté. Le cercueil a été descendu immédiatement par trente-six hommes du détachement de la marine royale, et porté à bras jusqu'au porche élevé dans la cour Napoléon où l'attendait Mgr. l'archevêque de Paris assisté de tout son clergé vêtu de violet comme pour l'office des martyrs. Les prières de l'eau bénite ayant été faites, trente-six sous-officiers de la garde nationale et de la ligne ont pris aux marins le cercueil impérial et l'ont porté dans l'église; en ce moment, du haut de l'estrade placée au devant des orgues, les trombonnes et les contrebasses ont fait entendre une marche d'un double caractère funèbre et triomphal tout ensemble; le canon retentissait au dehors. La garde nationale présentait les armes; les invalides serraient les sabres à leurs épaules, et le cercueil entrait.

Ceux qui ont assisté à cette cérémonie n'oublieront jamais l'impression profonde que faisait soudainement autour de lui, en passant sous tous les regards, ce cercueil impérial drapé de velours violet, ce cercueil dans lequel la pensée pouvait voir Napoléon le Grand calme et endormi, vêtu de son costume de guerre.

Le Roi s'est avancé, accompagné de MM. les ducs d'Orléans et de Nemours, pour recevoir le cercueil des mains du prince de Joinville, qui marchait tête nue, l'épée à la main, au milieu des officiers de marine et des matelots qui l'ont accompagné à Saint-Hélène.

Le prince de Joinville a présenté le corps au Roi en disant: « *Sire, je vous présente le corps de l'empereur Napoléon.* » Le Roi a répondu, en élevant la voix : « *Je le reçois au nom de la France.* » Le général Athalin portait sur un coussin l'épée de l'Empereur; il l'a donnée au maréchal Soult, qui l'a remise au Roi. S. M. alors s'est adressée au général Bertrand et lui a dit :

« Général, je vous charge de placer la glorieuse épée de l'Empereur sur son cercueil. »

L'émotion a été solennelle, et les regards se portaient tour à tour vers le corps et vers les soldats mutilés qui ont eu une part de cette grande gloire. Les vieux officiers essuyaient des larmes le long de leurs joues, et l'attendrissement se mêlait à l'admiration.

En ce moment solennel, dont rien ne saurait exprimer la majesté sublime, on a vu les assistants, profondément attendris, fixer leurs regards sur le drap funéraire qui recouvrait les restes du grand homme qui nous est rendu. La couronne impériale était placée en tête du cercueil; aux pieds, sur un coussin de velours, le général Bertrand a déposé avec respect l'épée de l'Empereur. Cette épée, extrêmement simple et sans ornements apparents, était suivie des yeux par tous les vieux soldats réunis autour du catafalque; mais bientôt elle a disparu, enfermée avec le corps dans le magnifique cénotaphe élevé sous le dôme....

L'église ne présentait aux yeux qu'une longue galerie de lumières. Les lustres, les feux des candélabres antiques conduisaient le regard à travers les drapeaux et les trophées jusqu'au rond-point où une couronne de gaz, et les lustres suspendus émoussaient leurs mille rayons sur l'immense tenture violette, et au delà de cette sorte de nuit étoilée apparaissait dans le jour vif et les clartés blanches le tombeau comme environné de l'auréole de la gloire.

Le Roi, en costume de garde national, a pris place sur le trône préparé dans le cœur, à droite de l'autel, et surmonté d'un magnifique dais en velours violet; près de lui sont les princes de la famille royale et les aides de camp de Sa Majesté.

A gauche, monseigneur l'archevêque de Paris, les évêques assistants, le curé des Invalides, et un nombreux clergé.

Dans une tribune basse, près du Roi, la Reine, les princesses et les dames de leur suite ;

Sous le dôme, autour du catafalque, les ministres et les maréchaux ;

Dans les bras de la croix, à gauche, les membres de la chambre des députés ; à droite, les membres de la chambre des pairs et du conseil d'état. Dans deux tribunes basses, la cour de cassation et la cour des comptes ;

Viennent ensuite, à droite, la cour royale, le conseil général et le conseil municipal, ayant à leur tête le préfet de la Seine et le préfet de police, les états-majors de la garde nationale, de l'armée et le conseil d'amirauté. A gauche, les membres de l'université, l'institut, les corps savants, les tribunaux de première instance et de commerce.

Dans la nef, sur les gradins, les détachements d'honneur, l'état-major de l'hôtel des Invalides, les préfets et maires des départements, les écoles, les marins de la Belle-Poule, une foule de militaires décorés.

Enfin, au-dessous de l'orgue, un nombreux orchestre, et dans les tribunes élevées, les personnes munies de billets.

Des places avaient été réservées dans la cérémonie pour les élèves des colléges de Paris et les écoles de droit et de médecine.

L'office a commencé.

Le *Kyrie* a bien soutenu cette impression de pieuse douleur. On sait quelles voix admirables ont exécuté la belle musique de Mozart*. Les chants s'élevaient avec un parfait ensemble et se prolongeaient au-dessus de la nef. Par moments on reconnaissait les accents aimés de chacun

---

* Il y avait 150 instrumentistes et 150 chanteurs; les parties du quatuor-solo ont été quadruplées et distribuées ainsi : *Soprani* : mesdames Grisi, Damoreau, Persiani et Dorus-Gras. *Alti* : mesdames Pauline Viardot-Garcia, Eugénie Garcia, Albertazzi, Stolz. *Tenori* : MM. Duprez, Rubini, Alexis Dupont, Massol. *Bassi* : MM. Lublache, Tamburini, Levasseur et Alizard.

des artistes, selon le dessin divers du quatuor, et les reprises des parties seules ; mais aussitôt toutes les voix se mêlaient et se fondaient de nouveau pour ne faire qu'une mélodie, tantôt puissante, tantôt douce, gémissante et mesurée, brodée par intervalle de simples cadences, soutenues et découpées comme par une seule voix.

Le *dies Iræ*, devenu désormais populaire, a produit son effet accoutumé.

A quatre heures, s'est terminé l'office. Les canons ont annoncé le départ du Roi, et la foule s'est retirée en silence, emportant des souvenirs qui ne peuvent plus s'effacer. Les hommes de l'empire se sont trouvés rajeunis de vingt ans, parmi les pompes, parmi les fastes, parmi l'ombre éclatante d'une époque de prodiges.

La génération plus nouvelle a pensé un moment qu'elle assistait à sa grande épopée qui lui a été dite tant de fois, et qu'elle pouvait dater à son tour de la gloire de ses pères.

Jamais la garde nationale n'avait été aussi nombreuse et aussi brillante ; jamais elle n'avait mieux témoigné par son attitude son dévouement aux principes d'ordre et au gouvernement de juillet.

Toutes les mesures avaient été prises avec autant de précision que d'habileté par le maréchal Gérard, qui a conduit le cortége.

Dans cette illustre fête funèbre tout avait été préparé avec un grandiose digne du sujet. Les décorations n'étaient pas comme ordinairement, dans les cérémonies publiques, des planches recouvertes de peintures grossières. Ici tout était en relief, tout était effectif. L'idée de semer le chemin du cortége de statues était neuve et nous ne l'avions jamais vu mettre en œuvre, nous qui avons assisté à toutes les fêtes de tous genres qui ont été célébrées depuis 1789. Parmi ces statues, élevées exprès pour la

circonstances, on en remarquait sans doute quelques-
unes de médiocres, mais, en général elles faisaient honneur à un pays où l'on peut trouver assez d'artistes pour
composer et exécuter en 15 jours un aussi grand nombre
de statues colossales.

Les artistes architectes ont été MM. Visconti et La-
brouste. M. Blouet, architecte, a fait exécuter les groupes et décorations de l'arc de triomphe.

Les peintures de Neuilly sont de MM. Philastre et Cam-
bon, celles de l'esplanade et des cours des Invalides de
MM. Feuchères et Séchan, celles de l'église de M. Gosset.

FAITS DIVERS,

ANECDOTES.

— Le magnifique spectacle funéraire de l'église des Invalides a été continué pour l'immense population qui s'en est montrée avide. Une grande partie du luminaire a été entretenu jusqu'aux derniers jours du mois. Tout est resté absolument comme au jour du convoi. Les bougies brûlent dans les lustres : l'autel est illuminé par les 60 lampes d'or ; des flammes de couleur s'élèvent d'une multitude de cassolettes et de candélabres disposés autour du splendide catafalque ; les draperies, les tentures, les drapeaux, les guirlandes, les oriflammes, la couronne impériale, les inscriptions, les statues, tout est demeuré en place. Quatre invalides, armés de piques ornées de crêpes noirs, font sentinelle aux quatre coins du catafalque. Le dôme est encore pavoisé de son immense oriflamme aux trois couleurs fixée à la flèche.

On ne saurait se faire une idée de l'impression dont les âmes sont animées en traversant le temple des Invalides, surtout lorsque, arrivé près du catafalque impérial, se font entendre, depuis midi jusqu'à quatre heures, les chants graves et lugubres du *Requiem*, exécuté derrière l'autel par un chœur nombreux. MM. Laroque et Jager, vicaires de l'hôtel des Invalides, qui veillent alternativement près des dépouilles mortelles de Napoléon, président à cet office religieux et imposant.

Le général Petit, commandant supérieur des Invalides et le colonel Delpire, adjoint à ce dernier, surveillent continuellement dans l'intérieur de l'église cette pieuse procession. En voyant ces deux illustres et fidèles compagnons de l'Empereur, la foule observe l'ordre et le recueillement le plus profond. On dirait que le vénérable général Petit, qui, comme on sait, reçut le baiser de Fontainebleau, attend, toujours debout près du catafalque, le réveil de Napoléon.

— Du 16 au 25, le nombre des visiteurs s'était élevé à plus de 870 mille, savoir : 1er jour d'ouverture, 16 décembre, 90,000 personnes ; 2e jour, 85,000 ; 3e jour, 100,000 ; 4e jour, 70,000 ; 5e jour, 80,000 ; 6e jour, 100,000 ; 7e jour, 115,000 ; 8e jour, 110,000 ; enfin, 9e jour, 120,000. Total, 870,000 personnes, qui se sont présentées et sont restées debout des heures entières, les pieds dans la neige et par un froid excessif. On évalue à un million et demi le nombre total des visiteurs jusqu'au dernier jour et compris les billets particuliers.

— En attendant l'entière exécution en marbre du tombeau de Napoléon, sous le dôme des Invalides, on dispose en ce moment la chapelle de Saint-Jérôme, adhérente à la nef du dôme, pour y déposer le cercueil renfermant les restes mortels de l'Empereur. On ne pouvait assurément choisir à Napoléon, pour tombeau provisoire, un lieu plus digne de recevoir ses cendres ; car parmi les riches tableaux qui décorent cette chapelle, on en remarque un d'une grande dimension qui représente saint Jérôme visitant les tombeaux des martyrs.

— L'hôtel royal des Invalides a reçu de la chambre des pairs, pour être consacrés au tombeau de l'empereur Napoléon, les quarante-huit drapeaux et étendards qui faisaient partie de ceux pris à Austerlitz et qui furent envoyés au sénat. Depuis 1832, ils décoraient la salle des séances.

— Le maréchal Moncey s'est fait rouler dans un fauteuil jusqu'aux marches du cœur des Invalides. Il a ensuite monté ces marches avec la plus grande peine, soutenu par deux lieutenants généraux. On racontait avec émotion, dans le public, que, depuis quelques jours, l'honorable maréchal Moncey avait pris un soin extrême de sa santé. Chaque jour, il consultait le médecin en chef des Invalides, et il lui demandait : « Vivrai-je jusqu'au 15 décembre ? » Hier, quand l'absoute a été dite, il s'est approché du catafalque pour jeter, lui aussi, un peu d'eau bénite sur le cercueil de son ancien ami, et on l'a ensuite entendu prononcer ces mots : « Maintenant, je puis mourir. » Le maréchal Moncey a 87 ans.

— Le maréchal duc de Reggio, malgré son grand âge et ses nombreuses blessures, le maréchal Molitor, l'amiral Roussin, le général Bertrand, défiant le froid et la fatigue, ont fait la route à pied, sans avoir quitté un instant le char funèbre.

— La veille du jour où devait avoir lieu la cérémonie de la translation des cendres de Napoléon, deux hommes en grande tenue demandaient à être admis à bord du navire sur lequel était déposé le corps de l'Empereur ; le plus âgé des deux hommes n'eut qu'à se nommer pour forcer la consigne. A peine arrivé devant le cercueil de Napoléon, il s'agenouilla respectueusement, et, se cachant la tête dans ses mains, il resta vingt-cinq minutes au pied du cercueil, plongé dans les méditations et dans le plus profond recueillement. On l'entendait seulement sangloter. Quand ce vénérable officier voulut se retirer, soit que le froid eût glacé ses sens, soit que l'émotion l'eût affaibli, il ne put se relever, et il se vit forcé d'appeler à son aide quelques marins. On reconnut alors le maréchal Soult. Il avait demandé instamment qu'il n'en fût pas parlé.

M. le baron Trotté, ex-capitaine d'artillerie de la garde,

6

officier de la Légion d'honneur, est aujourd'hui serrurier et âgé de quatre-vingts ans. Le général Pajol, qui n'a cessé d'entretenir des relations avec ce brave homme, lui avait envoyé, pour la cérémonie des funérailles, un uniforme complet, un kolback et un cheval, et le vénérable soldat, qui s'est fait ouvrier non pas par besoin, mais par horreur de l'oisiveté, a suivi le corps de son empereur jusqu'aux invalides. Quoiqu'on respecte peu de choses à présent, quoiqu'il n'y ait plus aujourd'hui que des *vieux* et plus de *vieillards*, on aime à s'émouvoir devant des faits aussi touchants.

— Le jour de la cérémonie funèbre de l'Empereur, une femme, portant le nom d'un ancien officier de Napoléon, décoré par lui-même sur le champ de bataille, non contente de se rendre dans tous les lieux où passait l'auguste cortége, a pénétré dans la cour, dans l'église des Invalides; et, sans autre guide que sa vive sensibilité, sa touchante exaltation, elle a forcé tous les obstacles pour arriver jusqu'au tombeau du grand homme. Là, protégée par un vieux général ému d'un si noble enthousiasme, elle a pu toucher le cercueil, même l'épée de Napoléon, qu'elle a baisés avec transport. Cette femme est madame Fanny Dénoix, auteur du volume de poésies publié au profit des inondés du Midi.

— Le 15, à neuf heures du matin, Adrien Beroul, vieux soldat d'Austerlitz, amputé de la jambe gauche, traverversait la rue Saint-Honoré pour assister à la cérémonie funèbre, lorsqu'à peu de distance de la place du Palais-Royal, son pied ayant glissé, il tomba et b.isa sa jambe de bois; relevé immédiatement, le vieux brave, hors d'état de continuer sa route, pleurait de désespoir : « Mon général, s'écriait-il, les camarades vont assister aux honneurs qu'on rend à vos cendres, et moi, venu exprès de dix lieues, je n'aurai pas ce bonheur faute de jambe pour me porter! — Vous vous trompez, lui dirent à la fois deux jeunes commis-marchands de la rue Saint-Denis, si pour la gloire de la France vous avez perdu une de vos jambes, il nous reste des bras pour vous. » En prononçant ces dernières paroles, les deux jeunes gens placèrent le vieillard sur leurs mains entrelacées, et l'emportèrent aux bravos de tous les spectateurs, sur la route que le convoi devait traverser.

— Le soleil qui s'était levé radieux, le 15 décembre, n'a été obscurci par des nuages qu'à de courts intervalles, et comme pour ajouter à la pompe et à la magie de la solennité. Au moment où le char est parti de Neuilly, quand il s'est arrêté sous l'arc de l'Étoile, sur la place de la Concorde et devant l'hôtel des Invalides, on a pu remarquer que le soleil resplendissait d'un vif éclat et réfléchissait ses rayons lumineux dans cette masse éblouissante de dorures où reposait le corps de Napoléon. Cet effet pittoresque, et en quelque sorte surnaturel pour la saison, rappelait à tout le monde ces vers si connus de l'un des chants populaires de notre poëte national.

> Tous les cœurs étaient contents,
> On admirait son cortége;
> Chacun disait : Quel beau temps !
> Le ciel toujours le protége !

En revenant de voir le passage du cortége aux Champs-Élysées, M. Victor Hugo a improvisé cette strophe :

Le 15 décembre 1840.

> Ciel glacé ! soleil pur ! — Oh ! brille dans l'histoire :
> Du funèbre triomphe impérial flambeau :
> Que le peuple à jamais te garde en sa mémoire,
> Jour beau comme la gloire,
> Froid comme le tombeau !

— Sur le pont d'Asnières et au passage de *la Dorade* n° 3 , qui portait les restes mortels de l'empereur Napoléon, on a lancé une colombe portant un drapeau tricolore auquel étaient attachées des couronnes d'immortelles. La colombe est allée se poser sur le tombeau de l'Empereur. Le prince de Joinville a voulu qu'on prît soin de cet oiseau.

— Au nombre des membres de la commission qui sont allés reconnaître et recueillir à Sainte-Hélène les dépouilles mortelles de l'Empereur , étaient quatre des anciens domestiques de la maison impériale. Ces quatre vénérables et dignes serviteurs marchaient au jour du convoi immédiatement en avant du char. Au dire des assistants, en revoyant leur maître si bien conservé, ils ont éprouvé une émotion telle qu'ils ont failli tomber sans connaissance.

— On conçoit la vénération des invalides pour Napoléon. Aussi, le moindre objet qui a pu servir à l'Empereur, même d'une manière indirecte , est-il considéré par eux comme une relique précieuse. Lors donc que le char funèbre arriva avant-hier aux Invalides, et que la bière où étaient déposés les restes mortels de l'Empereur fut enlevée , un tapis de drap violet, sur lequel cette bière reposait depuis Sainte-Hélène , fut mis de côté. Un vieil invavalide, qui ne l'avait pas perdu de vue, s'approcha furtivement et parvint à s'en emparer ; mais on prévint de ce larcin un commissaire de police chargé de maintenir l'ordre dans cet endroit, et celui-ci ne prenant pas au sérieux le délit du vieux brave , le força seulement à une restitution. Le pauvre invalide ne pouvait se résoudre à lâcher sa proie, et pendant la discussion qu'il avait avec le commissaire, un grand concours de monde avait eu lieu autour d'eux. L'invalide, la larme à l'œil , tenait toujours un coin du tapis funèbre. A la fin , voyant que ses supplications étaient stériles , il tire un couteau de sa poche et tranche d'une manière frénétique un lambeau du tapis avec lequel il se sauve.

Cet exemple est à l'instant suivi par les spectateurs ; toute la pièce de drap est en une seconde mise en morceaux, et ceux qui peuvent en avoir se sauvent avec leur conquête, qu'ils commencent par porter simultanément à leurs lèvres. Force a été au commissaire de laisser s'accomplir cet acte de vénération, manifesté en mémoire d'un grand homme ; et comme lui-même est un ancien officier qui garde dans son cœur un religieux souvenir de Napoléon, il a été fort heureux de garder en ses mains un dernier lambeau qu'il veut conserver comme une relique.

— Mille inscriptions diverses et dix mille noms inconnus couvrent les murs de la salle de billard à Sainte-Hélène. Il serait trop long de rapporter tous les anathèmes tracés au crayon contre Hudson-Lowe. Mais à droite et au fond de la pièce, vous pouvez lire encore des lignes telles que celles-ci, dont M. Jacques Arago nous a conservé religieusement l'orthographe comme le sens :

« Après avoir été grenadier de la garde, Michel Robert
» s'est fait marin sur *l'Amélie*, afin de pouvoir saluer la
» demeure de son p'tit caporal. Adieu. »

Et cet autre :

« Je m'appelle Sigismond Blanchard. Si je tenais le
» tigre Hudson-Lowe, je le mangerais. Ce serait un
» mauvais repas. Signé, moi Blanchard, caporal de l'ex-
» garde. »

Et cet autre encore :

« Je t'aimais diablement quand t'étais en vie, je t'aime
» bien plus maintenant que t'es mort.
» Courtois de la 27ᵉ. »

Sur le mur opposé était une strophe de Lamartine.

Et plus bas :

« L'exil, c'est la mort. Adieu d'un vieux tambour à qui
» Napoléon a serré la main au pied des Pyramides.»

» NICOLAÏ. »

En entrant dans la pièce, et à hauteur de l'œil, derrière la porte, vous lisez :

« Vivant, le monde !
» Mort, six pieds de terre ! »

Et plus bas :

« Une telle mort manquait à une telle vie. L'œuvre de la
» Providence est complète. »

— Rapprochement curieux sur la vie de Napoléon :
Né à Ajaccio le 15 août 1769.

	ans	mois	jours.
Nommé lieutenant le 1er septembre 1785	6	5	5
capitaine le 5 février 1792 . . .	1	8	13
chef de bataillon le 18 oct. 1793.	»	3	18
général-de brigade le 5 fev. 1794.	1	7	29
général de division en chef le 4 octobre 1795	4	1	4
premier consul le 9 nov. 1799.	4	6	9
empereur le 18 mai 1804	9	10	17
id. 20 1815	»	3	?

CAMPAGNES.

1793, siége de Toulon.

1794, il arme les côtes de Provence et de Gênes.

1795, 1796, 1797, à l'armée d'Italie.

1798, 1799, en Égypte.

1800, 1801, 1802, en Piémont et en Italie.

1803, 1804, au camp de Boulogne.

1805, en Autriche.

1806, 1807, en Prusse, en Pologne.

1808, 1809, en Espagne.
1809, En Autriche.
1812, en Russie.
1813, en Allemagne.
1814, en France.
1815, en Belgique.
23 campagnes, y compris vendémiaire an XIV.

BLESSURES.

Le 14 octobre 1793, au siége de Toulon, coup de baïonnette à la cuisse.
Le 23 avril 1809, à Ratisbonne, blessure au talon.

Mort le 5 mai 1821, à Sainte-Hélène, à 51 ans 8 mois 23 jours.

91.

BONAPARTE, LIEUTENANT COLONEL AU 1ᴿᴱ BATAILLON DE LA CORSE EN 1792.

BONAPARTE, PODPÓŁKOWNIK 1ᵒ BATALIONU KORSYKI ROKU 1792.

92.

NAPOLÉON EMPEREUR.

NAPOLÉON CESARZ.

OUVERTURE DU CERCUEIL DE NAPOLÉON.

OTWARCIE TRUMNY NAPOLEONA.

CORTÈGE DE TRANSLATION. — ARC DE TRIOMPHE.

CHAR FUNÉRAIRE.

ESPLANADE DES INVALIDES.

PLAC INWALIDÓW.

COUR ROYALE DE L'HOTEL DES INVALIDES.

DZIEDZINIEC KRÓLEWSKI PAŁACU INWALIDÓW.

DÔME DES INVALIDES. CATAFALQUE.
KOPUŁA INWALIDÓW.   KATAFALEK.